KB271667

殺士道

살수도

문우 新무협 판타지 소설

FANTASTIC ORIENTAL HEROES

살수도 5

문 우 新무협 판타지 소설

초판 1쇄 찍은 날 § 2013년 12월 3일
초판 1쇄 펴낸 날 § 2013년 12월 10일

지은이 § 문 우
펴낸이 § 서경석

편집부장 § 권태완
편집 § 정수경

펴낸곳 § 도서출판 청어람
등록번호 § 제1081-1-89호
등록일자 § 1999. 5. 31
어람번호 § 제2-2433호

주소 § 경기도 부천시 원미구 심곡2동 163-2 서경B/D 3F (우) 420-822
전화 § 032-656-4452팩스 § 032-656-4453
http://www.chungeoram.com
E-mail § chungeorambook@daum.net

ⓒ 문 우, 2013

ISBN 978-89-251-3598-4 04810
ISBN 978-89-251-3435-2 (세트)

殺手道

살수도

문 우 新무협 판타지 소설

⑤

[완결]

FANTASTIC ORIENTAL HEROES

도서출판 청어람

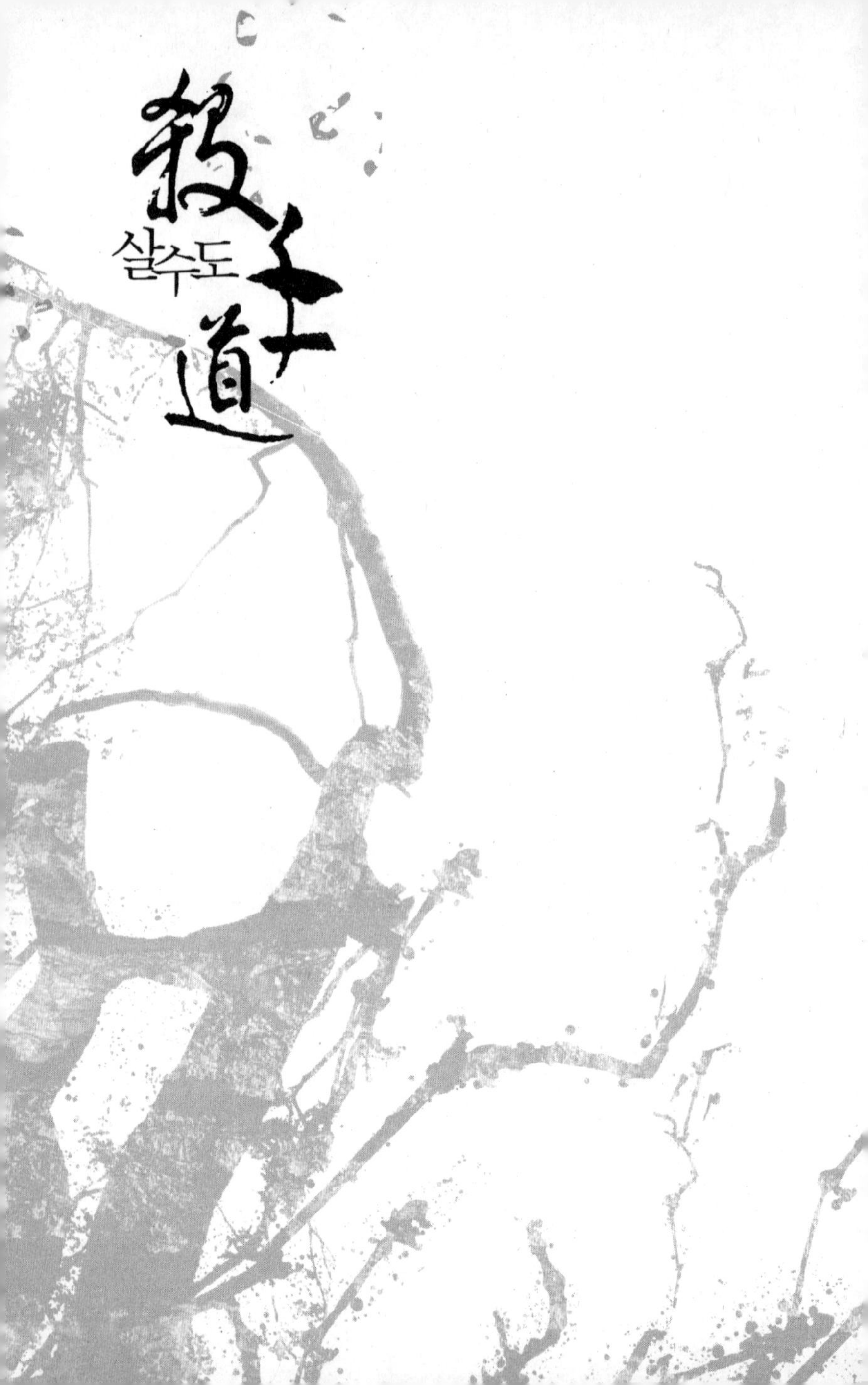

殺
士
道
살수도

第一章

천살수라(天殺修羅)

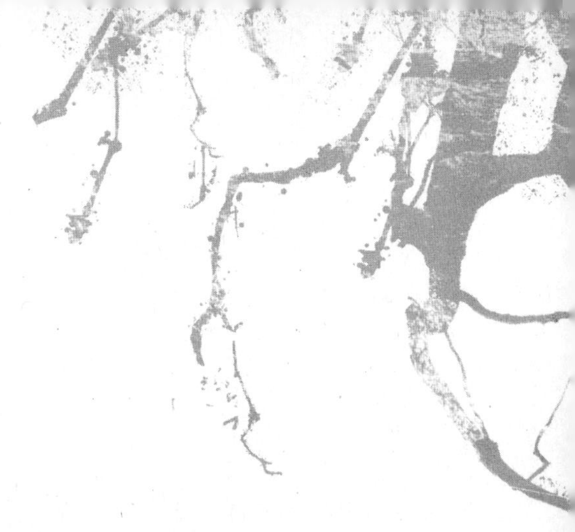

진백운은 거침없는 공격을 퍼부었다.

천살풍과 수라파천, 천살귀영신법까지. 이전과는 비교가
안 될 정도로 그의 움직임은 유려했고 막힘이 없어 보였다.

쉬이익.

다시 한 번 쏘아지는 천살풍.

하늘을 죽이는 바람의 칼날이 그의 전신을 노리며 빠른 속
도로 날아간다.

"큭."

화들짝 놀란 그가 저도 모르게 입술을 잘근 깨물었다.

스스스.

그는 서둘러 천살귀영신법을 전개했다.

휘이잉.

그 때문일까, 순식간에 목표를 잃은 천살풍이 허공에서 힘을 잃으며 사라져 갔다.

'역시.'

그러나 진백운은 낙담하지 않았다.

애초에 천살풍으로 그를 제압할 수 있다는 생각을 가지지 않았기 때문이다.

스스스.

조금 전 그처럼, 이내 진백운도 천살귀영신법을 전개하며 자신의 몸을 숨겼다.

은신술 대 은신술.

이른바, 보이지 않는 싸움이라 할 수 있었다.

그러나 두 사람은 명확하게 서로의 위치를 파악했다. 살수로서의 감각, 천살기공을 통해 확대된 기감은 인간의 오감을 이미 초월했기 때문이다.

챙, 채챙.

육안으로는 식별도 되지 않는 곳에서 연신 쇠와 쇠가 충돌하는 소리가 울려 퍼졌다.

안타까운 점은 주위에 아무도 없다는 사실이었다. 내면의 세계에서 펼쳐지는 두 사람의 대결은 그야말로 경천동지(驚天動地)라 할 수 있었기 때문이다.

설령 천하의 광마도라 할지라도 경악을 금치 못하리라.

그만큼 지금 두 사람이 주고받는 공방의 수준은 범인의 상식을 뛰어넘고 있었다.

탓, 탓.

마치 약속이라도 한 듯이 진백운과 그가 서로 간격을 벌리며 그 모습을 드러냈다.

"후우."

진백운은 잠시 숨을 고르며 그의 기색을 살폈다.

무슨 생각을 하는지 읽을 순 없지만, 한 가지 확실한 점은 아무리 그라도 당황할 수밖에 없다는 것이었다.

"솔직히 놀라워."

아니나 다를까, 그가 진백운을 보며 말을 내뱉었다.

"아무리 이 공간의 비밀을 깨달았다 하더라도 그 힘을 이렇게 빨리 끌어올지는 몰랐거든."

"내가 원래 좀 빨리 배워서 말이야."

미소를 지은 채로 진백운이 대답했다.

이곳은 내면의 세계, 정확하게 말하면 천살기공이 만들어낸 수련의 세계였고, 그는 천살기공의 화신이라 할 수 있었다.

그렇기 때문에 그는 진백운보다 더 능숙하게 천살수라검을 사용할 수 있었던 것이다. 천살기공의 화신인 그가 천살기공을 바탕으로 완성된 천살수라검을 펼치는 건 어찌 보면 당연한 일이었다.

그러나 이는 진백운도 마찬가지. 아니, 이곳에선 진백운이 진정한 절대자인 셈이었다.

비록 이곳이 천살기공에 의해 만들어진 세계이지만, 그 이전에 천살기공을 익힌 이는 다름 아닌 진백운이기 때문이다. 즉, 진백운이 기공을 익히지 않았더라면 탄생하지 못했을 세계인 것이다.

그렇기 때문에 이 세계의 진짜 주인은 진백운이다. 또한 천살기공의 주인도 진백운이며, 기공의 화신인 그의 주인 역시 진백운인 것이다.

별안간 그가 웃음을 흘렸다.

"후후."

"……."

진백운은 그런 그를 말없이 바라봤다.

찰나의 시간이 빠르게 흘러가고, 이윽고 그는 진백운을 향해 말을 건넸다.

"아마도 이번이 마지막이겠지……."

그 말에 진백운은 고개를 천천히 위아래로 끄덕였다.

잠시 후, 그가 계속해서 말을 이어 나갔다.

"지금 사용할 초식은 모든 걸 담아내는 공격, 오직 상대를 죽인다는 마음으로 자신의 모든 걸 거는 초식이지……."

'천살수라검의 마지막 초식.'

그의 말을 들으며 진백운은 속으로 생각했다.

지금 그와 자신이 펼쳐낼 초식은 그런 초식이다.

자신의 모든 걸 걸고 상대를 죽이는 초식, 설령 상대가 하늘이라 할지라도 죽여야만 하는 천살의 의지를 담아낸 초식인 것이다.

이윽고 그는 진백운을 향해 마지막으로 말을 내뱉었다.

"가능하겠어?"

염려일까, 멸시일까. 그의 말투는 오묘하게 들렸다.

이제 막 천살기공의 힘에 능수능란해진 진백운에게 던지는 그의 말은 어찌 들으면 걱정이 섞인 말투였고, 어찌 들으면 비웃음을 가득 담은 말투였다.

"걱정 마."

진백운은 염려로써 그 말을 해석했다.

이별을 앞둔 그가 자신에게 던지는 마지막 걱정이라고 받아들인 것이었다.

"후후."

여느 때처럼 그는 낮은 웃음소리를 흘렸다.

그리곤 자신의 검을 진백운에게 겨누기 위해 서서히 들어 올렸다.

물론 진백운의 동작도 그와 별반 다르지 않았다.

서로를 겨눈 두 자루의 검이 말없이 움직였다.

그리고 그 순간.

푸화악.

천살기공의 무지막지한 기운이 공기를 불태우며 서로를 향해 쏘아져 나갔다.

천살수라검(天殺修羅劍) 제삼식 천살수라(天殺修羅).

천살수라검의 마지막 초식, 극쾌의 빠르기를 자랑하는 천 살풍과 극강의 파괴력을 합쳐낸 하늘도 죽일 만한 극강극쾌 의 수라가 세상에 그 모습을 드러냈다.

쿠콰아아앙.

주변의 공기를 빨아들이면서 서로의 기운이 한 치의 양보 도 없이 얽혀 들어가기 시작했다.

빠드득.

두 사람의 이마 위로 굵은 힘줄이 튀어나왔다.

그만큼 엄청난 내공과 집중력을 소모하고 있었기 때문이다.

으득.

진백운은 어금니를 깨물었다.

그리곤 한 발자국 앞으로 나아갔다.

"크흡."

밀려드는 그의 기세에 저도 모르게 신음이 흘러나온다.

그러나 전진하는 발걸음을 멈출 순 없다.

진백운은 알고 있었다.

여기서 멈추면 더 이상 앞으로 나아갈 수 없다는 사실을.

그리고 자신은 계속해서 앞으로 나아가야 한다는 사실을 말이다.

저벅.

이내 진백운은 힘겹게 다음 발자국을 내밀었다.

한 걸음, 한 걸음. 그렇게 조금씩 걸음을 옮길 때마다 진백운은 자신이 나아가야만 하는 이유에 대해 생각했다.

'갚아야 한다.'

아직 백리세가에 은혜조차 갚지 못한 자신이다.

'의뢰도 있고.'

화영의 의뢰, 웬만하면 지키고 싶다.

'마지막으로……'

돌아가야만 한다.

일행들이 있는 그곳으로.

소중한 추억이 있는, 그리고 앞으로도 만들어갈 그곳으로 진백운은 돌아가야만 했다.

거자필반(去者必返).

떠난 사람은 반드시 돌아오는 법.

"흐아압!"

반드시 돌아갈 필요가 있는 진백운은 모든 힘을 다해 기합성을 힘차게 내질렀다.

푸화악.

그와 동시에 진백운의 칼끝에서 무지막지한 힘이 끊임없이 쏟아지기 시작했다.

*　　*　　*

얼마나 시간이 지난 것일까.

"후후후."

그는 마지막으로 진백운을 바라보며 낮은 웃음을 흘렸다.

"……."

그리고 진백운은 말없이 그를 바라봤다.

서서히 사라져 가는 그의 신형을 지켜보면서 딱히 할 말이 떠오르지 않았기 때문이다.

오히려 그가 진백운을 보고 말했다.

“역시 진짜는 못 이기겠군, 후후.”

진백운은 그가 짓는 미소가 왠지 씁쓸해 보인다는 생각을 했다.

천살기공이 만들어낸 그.

그는 자신을 뛰어넘고 아류가 아닌 진짜가 되고 싶었을지도 모른다.

그가 계속해서 말을 이어 나갔다.

“조금 멍청한 면이 있긴 하지만, 어쩔 수 없이 주인으로 인정해야겠어…….”

그와 동시에 그의 몸이 핏빛 아지랑이로 조금씩 구현화되기 시작했다.

“?!”

그 놀라운 광경에 진백운의 두 눈이 크게 떠졌다.

놀라운 건 그뿐만이 아니었다.

핏빛 아지랑이가 조금씩 진백운의 몸에 달라붙기 시작한 것이다.

이내 그 아지랑이는 진백운의 몸에 붙어 있던 잠원마공의 흔적, 검은 벌레들과 뒤엉키기 시작했다.

파스스.

그리고 아지랑이의 기운을 감당하지 못한 검은 벌레들은 서서히 먼지처럼 사라졌고, 그 주위에는 핏빛의 작은 구체들이 자리를 잡아 나갔다.

"이건……."

당혹스러웠는지 진백운은 저도 모르게 중얼거렸다.

그런 진백운을 향해 그가 말을 이어 나갔다.

"내가 주는 마지막 선물이다. 이건……."

그러나 안타깝게도 그 말은 계속 이어질 수 없었다. 아지랑이로 변한 그의 신체는 더 이상 대화를 지속할 수 없는 상태였기 때문이다.

"……."

진백운은 아무 말 없이 자신의 변화된 신체를 바라봤다.

하지만 그 순간조차 아주 짧을 뿐이었다.

더 이상 의미가 없었기 때문일까, 주위의 공간이 빠르게 일그러지기 시작했다.

다시 현실로 돌아가야만 하는 시간이 다가온 것이다. 하지만 이곳으론 다시 돌아오지 못할 것이다. 그가 사라진 지금, 이제 이곳은 아무런 의미가 없었기 때문이다.

진백운은 뒤쪽에서 자신을 끌어당기는 미지의 힘에 온몸을 맡겼다.

슈아악.

거센 기류가 그의 몸을 강렬하게 끌어당겼고, 그와 동시에 진백운이 있었던 공간이 허물어지기 시작했다.

*   *   *

"진 소협."

진백운의 감았던 두 눈이 떠지자 곁에 있던 무진이 다가와 이름을 불렀다.

"무슨 운기를 그렇게 오랫동안 하십니까? 불안해서 미치는 줄 알았지 않습니까?"

그 말에 진백운이 민망한지 뒷머리를 긁적이며 물었다.

"그렇게나 오래됐습니까?"

"암요, 꼬박 하루가 지났습니다. 비록 이곳이 눈에 띄는 곳이 아니라지만, 놈들이 눈에 불을 켜고 찾아다니는 통에 제가 얼마나 고생했는지 아십니까?"

"하하, 그랬습니까?"

진백운이 무안한 웃음을 터뜨리며 물었다.

"……"

무진이 그런 진백운을 가만히 바라보았다.

'뭔가, 바뀌었다?'

딱히 꼬집어서 말할 순 없지만 무진은 진백운의 분위기가 묘하게 바뀌었단 사실을 느낄 수 있었다.

결국 그는 자신의 턱을 매만지며 말을 내뱉었다.

"무량수불, 거참 이상하네."

"응? 뭐가 말이오."

"진 소협 말입니다."

"네, 제가요?"

"네. 뭔가 좀 변한 것 같긴 한데 그게 무엇인지 딱 꼬집어서 말할 순 없으니……."

그러면서 무진은 자신의 고개를 한 차례 갸우뚱거렸다.

운기를 통해 깨달음을 얻었다고 보기엔 진백운의 기도는 그리 눈에 띄게 달라지지 않았다. 그저 풍기는 분위기가 묘하게 달라졌을 뿐이다.

또한 달라진 진백운의 분위기는 무진을 어리둥절하게 만들고 있었다.

'이건 뭐, 전혀 강해진 것 같지도 않고…….'

하다못해 운기를 통해 기력을 회복하기만 해도 날카로운 기광을 뿜어내는 게 무림인인데, 진백운은 오히려 더욱 약해진 것만 같은 기분이다.

결국 무진이 진백운을 향해 낮은 도호를 읊조리며 말했다.

"무량수불……. 진 소협, 실례가 안 된다면 질문 하나 해도 되오?"

이에 진백운은 의문스런 눈빛으로 고개를 끄덕였다.

무진이 말을 이어 나갔다.

“혹, 주화입마에 빠진 거 아닙니까?”

“네? 그게 무슨?”

무진의 말에 진백운이 어이없다는 표정으로 눈을 크게 떴다.

그런 진백운을 향해 무진이 말했다.

“아니면, 어찌 그렇게 약해질 수 있는 것이오?”

“네?”

더욱 황당해진 진백운의 반응이다.

이윽고 진백운이 손가락으로 자신을 가리키며 무진을 향해 되물었다.

“제가 약해졌다고요?”

무진의 고개가 자연스럽게 아래위로 끄덕여졌다.

‘이상하네⋯⋯.’

그 반응에 진백운이 고개를 갸웃거렸다.

진백운이 그러한 연유는 자신의 느낌과 무진의 느낌이 판이하게 다르기 때문이었다.

‘아무리 생각해도 너무 강해진 것 같은데 말이야⋯⋯.’

고개를 갸웃거리며 진백운은 속으로 생각했다.

지금도 전신에 넘치는 기운이 어색할 정도였다.

그를 통해 확대된 천살기공은 반경 삼십 장 이내의 모든 기운을 감지할 수 있었고, 언제라도 발출될 수 있게끔 전신을 빠르게 회전 중이었다.

이전과는 비교도 안 될 정도의 기운.

그런데 무진은 그런 자신을 향해 약해졌다고 말을 했다.

몸소 변화된 힘을 체험 중인 진백운의 입장에서 이와 같은 무진의 반응은 도무지 이해할 수 없는 것이라 할 수 있었다.

잠시 후, 진백운이 무진을 향해 말했다.

"이래도 말입니까?"

그와 동시에 그는 천살기공의 내력을 더욱 강하게 끌어 올렸다.

푸화악.

넘실대는 천살기공의 기세.

그러나 이는 단지 진백운만이 느낄 수 있는 기세였다.

"무량수불……. 진 소협, 더 약해진 것 같습니다만?"

무진이 어이없단 눈빛으로 진백운으로 향해 말했다.

다름이 아니라 진백운이 풍기던 기도가 더욱 희미하게 사라져 갔기 때문이다.

황당해진 진백운은 기세를 더욱 끌어 올리며 말했다.

"이래도요?"

"무량수불, 이젠 진 소협이 무인인지도 잘 모르겠습니다. 혹시 지금 기척을 숨기고 계신 겁니까?"

"……."

진백운은 잠시 할 말을 잃었다.

전신에 넘쳐흐르는 기운을 확인시켜 줄 수 없다는 사실이 안타까울 뿐이었다. 하지만, 무진의 반응을 통해서 진백운은 천살기공이 어떤 식으로 변했는지 알 수 있었다.

무취, 무색, 무기(無氣).

천살기공은 살수의 무공.

불완전했던 이전의 기운과 달리 완벽해진 천살기공은 시전자의 존재를 희미하게 만들어주는 이능을 담고 있었던 것이다.

과거에는 천살귀영신법으로 의도적인 은신을 해왔다면 더 이상은 그럴 필요가 없게 된 것이다. 이제는 그가 내력을 끌어 올리면 올릴수록 자연스럽게 그의 기도는 사라져 버릴 것이기 때문이다.

'그의 반응이 궁금하군.'

진백운의 머릿속에 자연스럽게 유승이 떠오르기 시작했다.

광마도, 마의 전설이라는 칭호가 부끄럽지 않았던 그 사내는 단순히 냄새만으로 천살귀영신법을 펼쳐내는 자신의 기척을 순식간에 읽어내었다.

그러나 지금이라면 어떨까?

유승을 이길 수 있을지 없을지는 장담할 수 없는 문제지만,

한 가지 확실한 건 이전처럼 쉽사리 기척을 읽히진 않을 거란
사실이었다.

그가 생각을 잇는 사이, 옆에 있던 무진은 혼자서 한숨을
내쉬며 중얼거렸다.

"휴우… 큰일입니다. 이곳이 아무리 인적이 드문 곳이라지
만, 양무철이 눈에 불을 켜고 있는 판국에 언제 발각될지 모
르는데……."

무진의 넋두리에 진백운은 가볍게 미소를 지어 보였다.

그리곤 이내 자리를 툭툭 털고 일어나며 무진의 이름을 불
렀다.

"무진 도사."

"네?"

여전히 입가에 미소를 걸친 진백운을 바라보며 무진은 무
슨 일이냐는 표정으로 그를 올려다보았다.

그런 무진을 향해 진백운이 계속해서 말을 이어 나갔다.

"갑시다."

"네? 어디를 말입니까?"

무진은 고개를 갸우뚱거렸다.

그렇게 무진의 고개가 치우치면 치우칠수록 진백운의 미
소는 더욱 깊어져 갔다.

그러나 무진의 의문은 다음에 이어지는 진백운의 말을 통

해서 비로소 풀릴 수 있었다.

"명색이 천하제일 살수인데 발각될 수는 없지 않습니까?"

"헉! 설마?!"

진백운의 말에 무진은 화들짝 놀란 표정을 지으며 뒷말을 이었다.

"무량수불… 안 됩니다. 산에 쫙 깔린 천마성 무사들은 둘째 치고, 양무철까지 있지 않습니까? 아직은 무립니다……. 더군다나 진 소협은…….."

하지만 무진은 하려던 말을 끝까지 내뱉을 수 없었다. 진백운이 그 말을 중간에 끊어 먹었기 때문이다.

"괜찮습니다."

밑도 끝도 없는 자신감이다.

"……."

그러나 무진은 그 말에 아무런 대꾸도 할 수 없었다.

'무슨, 눈빛이…….'

순간, 무진은 진백운의 눈동자에서 마치 심해와도 같은 끝을 알 수 없는 깊이를 느꼈던 것이다. 그리고 그런 무진을 향해 진백운이 미소를 지은 채로 가볍게 말했다.

"저들은 우릴 발견할 수 없을 겁니다. 왜냐하면…….."

진백운은 잠시 말을 쉬며 어두운 밤하늘을 바라봤다.

아주 찰나의 시간이었지만 무진은 진백운이 어둠과 완벽

하게 동화되었다는 느낌을 받았다.

이윽고 진백운의 입이 천천히 열리기 시작했다.

"왜냐하면 지금은 밤이니까요."

과연 그들이 이 칠흑 같은 밤에 무엇을 볼 수 있을까.

기껏해야, 희미한 그림자만 쫓을 뿐이리라.

그것도 귀신의 그림자를 말이다.

스스스.

천살귀영신법.

그렇게 진백운의 신형은 어둠과 완벽히 동화되어 가기 시작했고, 무진은 그런 진백운을 어리둥절한 표정으로 바라볼 수밖에 없었다.

＊　　　＊　　　＊

부르르.

분노라는 감정은 전신을 떨어대도 쉽사리 사라지지 않았다.

"이, 악독한……."

차마 끝까지 말을 이을 수 없을 정도의 분노가 치밀어 오르는 경우는 더욱 그러했다.

백리연은 입술을 깨물며 자신의 맞은편에서 한껏 여유로

운 자태로 다과를 즐기고 있는 사마란을 노려봤다.

"호호, 당연한 소릴 하고 있네? 천마성 마인이 악독한 건 당연한 사실 아니니?"

"이익……."

그녀의 말에 백리연은 또 한 차례 몸을 떨어야만 했다.

사마란이 그런 백리연을 향해 말했다.

"그래도 나 정도면 천마성에서 착한 편이라구. 봐봐, 이렇게 아비랑도 다시 만나게 해주고 얼마나 착하니?"

백리연을 향해 말을 하던 그녀는 고개를 왼쪽으로 돌리며 그 옆에 시립해 있는 사내를 눈짓으로 가리켰다.

멸혼검주, 복면을 벗은 그의 정체는 바로 백리세가의 가주이자 백리연의 아버지인 백리휘명이었다.

"닥쳐……."

더 이상은 참기가 힘들었던지 백리연의 입에서 사마란을 향한 욕설이 튀어나왔다.

"호호호."

그러나 어려서부터 천마성에서 자라왔고, 정마대전에서 수많은 사람을 죽여왔던 사마란에게 그 정도 욕설은 애교 축에도 들지 못하는 것이었다. 또한, 그녀는 백리연의 생각보다 훨씬 더 악독한 여인이었다.

순식간에 터뜨렸던 웃음을 멈춘 그녀는 고개를 한 차례 가로젓더니 시립해 있던 백리휘명을 향해 말했다.

"아무래도 말버릇부터 고쳐야겠는데?"

"……."

그러나 사마란의 말에도 불구하고 그는 묵묵부답, 제자리를 지키고 있었다. 다만, 백리연을 바라보는 그의 눈동자가 미친 듯이 흔들릴 뿐이었다.

"하아……."

그런 백리휘명의 반응에 사마란은 짧은 한숨을 내쉬었다. 하지만 이내 소매에서 꺼낸 종을 울리는 그녀다.

짤랑, 짤랑.

"큭."

제령종, 잠원마인의 심령을 조종하는 종소리에 백리휘명이 괴로운 신음을 흘렸다.

그러나 사마란은 전혀 개의치 않는 표정으로 단호하게 다시 명령을 내려주었다.

"버릇 좀 고쳐, 내가 그만할 때까지……."

"크으윽."

그 말에 멸혼검주, 백리휘명은 더욱 괴로운 신음을 흘렸다. 마음 같아서는 백리연을 위해 목숨을 바쳐 죽을 수도 있는 그였지만, 제령종의 명령은 도저히 항거할 수 없는 힘을 가지고 있었던 것이다.

　아주 찰나의 시간일 뿐이었지만, 백리휘명은 이 순간이 마치 영겁과도 같다고 생각했다. 그러나 이미 자신의 발걸음은 백리연을 향해서 성큼성큼 옮겨 나가고 있는 중이었다.

　“아버지…….”

　어느새 자신의 앞에 바짝 다가온 백리휘명을 올려보며 백리연은 슬픈 목소리로 중얼거렸다.

　짜악.

　그러나 돌아오는 건 화끈하게 일어나는 통증일 뿐이었다.

　“윽.”

　마치 불에 덴 것처럼 오른쪽 뺨이 붉게 달아올랐지만, 백리연은 애써 흘러나오는 신음을 참았다.

　알고 있기 때문이다.

　지금 이 순간, 뺨을 얻어맞는 자신보다 더 아픈 이는 다름 아닌 백리휘명일 거란 사실을 말이다.

　아픔을 참으며 백리연은 사마란을 노려봤다.

　“절대십마들은 정말 할 일도 없나 보군요. 고작 이런 짓을 벌이려고 날 납치한 건가요? 그렇다면 사람 잘못…….”

　“호호호호.”

　백리연의 말에 한 차례 웃음을 터뜨린 사마란이 말했다.

　“그럴 리가? 백리연이라고 했지? 넌 일종의 보험이야, 보험. 호호호.”

“……?”

그 말에 백리연은 의문스런 눈빛을 보였다.

하지만, 사마란은 굳이 그녀의 의문을 풀어주지 않았다. 그 편이 더 바라보기 흥미로웠던 까닭이다.

다만, 사마란은 마음속으로 하려던 뒷말을 이을 뿐이었다.

‘일종의 숨겨놓는 패랄까? 만약 양무철이 실패한다면 네 년으로 천살을 잡아야 하니까, 호호호호.’

사마란은 눈빛을 빛냈다.

“……….”

영문을 모르는 백리연이 계속해서 그녀를 바라보았지만, 사마란의 입에서는 다른 말이 튀어 나왔다.

“뭐해? 계속하지 않고?”

백리휘명을 향해 말하는 사마란이다.

그리고.

짝.

다시 한 번 백리연의 볼이 달아오르기 시작했다.

*　　　*　　　*

콰앙.

지축을 울리는 굉음과 함께 두 신형이 약속이라도 한 듯이 동시에 서로와의 간격을 넓히며 양쪽으로 떨어졌다.

"크크. 쓸모없는 짓이다, 진백운."

양무철이 먼저 누런 이를 드러내며 진백운을 향해 말했다. 좀 전의 부딪힘으로 온몸에 자상이 생긴 그였지만, 잠원마령 강시인 그답게 상처는 빠른 속도로 아물기 시작하고 있었다.

"훗."

그런 양무철을 향해 진백운은 가벼운 웃음을 터뜨릴 뿐이었다.

"뭐가 우습지?"

그 웃는 모습이 거슬렸던지, 양무철은 인상을 험악하게 구긴 채로 말을 내뱉었다.

이에 진백운이 양무철을 바라보며 중얼거렸다.

"아직 모르나 보군."

"뭐?"

양무철이 되물었지만, 진백운은 여전히 혼자서 중얼거릴 뿐이었다.

"뭐, 곧 알게 되겠지."

그러면서 양무철을 향해 자신의 검을 겨누었다.

"……."

그 태도에 양무철은 일순 할 말을 잃었다. 그러나 이내 그는 다시 정신을 차렸다. 어차피 자신과 진백운 사이에 대화는 무의미한 일일 뿐이란 사실을 깨달았기 때문이다. 자신이 원하는 건 단지 진백운의 목일 뿐, 그리고 그거면 충분한 상황이었다.

윙, 윙, 윙.

이에 망혼비가 동조하듯 긴 울음을 토해내기 시작했다.

쉬이익.

빛살처럼 진백운을 향해 날아가는 망혼비, 그리고 망혼비의 움직임에 맞춰 양무철 또한 자신의 검을 꺼내 들어 진백운을 향해 달려 나가기 시작했다.

챙, 채챙.

망혼비와 양무철의 합격은 진백운의 사방을 포위하며 날아들었지만, 내면의 세계를 통해 한층 발전한 진백운의 눈에는 다소 느리게만 느껴질 뿐이었다.

채애앵.

망혼비를 튕겨내며 공중에서 몸을 한 바퀴 돌린 진백운의 검이 빠르게 양무철의 가슴을 향해 가로 그어졌다.

쇄애액.

빠르게 날아가는 천살풍, 극쾌의 묘리를 품고 있는 천살풍 앞에 양무철이 몸을 피하기란 요원해 보였다.

"흥!"

그리고 애초에 양무철 또한 몸을 피해낼 생각 따윈 없었다.

어차피 잠원마공으로 변화된 신체에 상처 하나 생긴다고 달라질 건 없었기 때문이다. 그는 강시화된 자신의 몸을 믿고 오히려 한 발 앞으로 진백운을 향해 다가서기로 한 것이다.

촤아악.

가슴을 베어낸 진백운이 천살풍 덕분에 피가 솟구쳤지만, 역시나 통증은 없었다.

씨익.

그리고 덕분에 양무철은 자신이 목표로 했던 바를 어느 정도 이룰 수 있었다. 진백운과의 거리를 한층 좁힐 수 있었던 것이다.

"크크, 받아라!!"

커다랗게 원을 그리며 양무철은 진백운을 향해 자신의 검을 있는 힘껏 휘둘렀다. 그리고 백리세가의 비룡검법이 다시 한 번 그의 손에서 펼쳐지기 시작했다.

"……."

진백운은 아무 말 없이 자신을 향해 날아오는 양무철의 검을 바라보았다. 지척인 거리였지만, 양무철이 느끼는 속도와 진백운이 느끼는 속도는 명백히 다른 상태였다. 그런 까닭에 지금 진백운은 양무철의 검에 대해 아무런 위협을 느끼지 못했다. 다만, 짜증이 날 뿐이었다. 아직까지도 백리세가의 검법을 쓰고 있는 양무철에게 말이다.

‘감히.’

이에 진백운의 눈빛이 순식간에 변하기 시작했다. 동시에 진백운의 검이 좌에서 우로 그어지며 양무철을 향해 펼쳐졌다.

쉬익.

후발제인(後發制人) 비록 양무철보다 훨씬 느리게 펼쳤지만, 그보다 훨씬 더 빠른 속도로 완벽하게 검법을 펼쳐내는 진백운의 귀신같은 움직임이었다.

＊　　　＊　　　＊

챙그렁.

“이, 이게…….”

양무철이 망연자실한 목소리를 내뱉으며 중얼거렸다.

잠원마공 덕분에 통증은 느낄 수 없다지만, 지금 일어난 상황을 도무지 믿을 수 없는 그였다.

그런 양무철의 귀로 진백운의 목소리가 들려왔다.

“양무철, 이건 조 무사의 몫이자 아직까지도 비룡검법을 쓰고 있었던 대가다.”

“…….”

그러나 진백운의 말에도 불구하고 양무철은 아무런 대답

을 할 수가 없었다. 그의 시선은 땅바닥에 머물러 있을 뿐이었다. 정확하게 말하면 그 위에 조금 전까지만 해도 붙어 있었던 자신의 오른팔에 말이다. 그리고 지금 양무철의 머릿속은 상당히 복잡하게 꼬여 있었다.

'말도 안 되는 일이다. 어떻게 이 몸에……'

아무리 잠원마공에 금강불괴의 효능이 없다고 하지만, 웬만한 호신강기보다는 단단하다고 믿어왔던 그에게 지금 이 상황은 도무지 현실적이지 못한 것이었다.

'큰일이다… 왼쪽 팔만으론……'

솔직한 심정으론 잠원마공이 사라진 팔마저 회복시켜 주었으면 좋았겠지만, 불행히도 잠원마공은 만능의 무공이 아니었다. 잘린 부분의 상처는 빠르게 아물었지만, 동시에 그 때문에 팔을 다시 붙이는 일은 영영 불가능하게 되어버린 것이다.

오싹.

그리고 그 순간, 양무철은 갑자기 온몸에 소름이 돋는 기분을 느꼈다.

'이길 수 없어……'

간단하게 자신의 팔을 잘라낸 진백운. 다른 신체 부위도 충분히 가능한 일이었다.

'만약 그렇다면……'

잠원마공 덕분에 죽지 않는다지만 평생을 불구로 살아야 한다면 무슨 의미가 있을까.

덜덜덜.

생각이 거기까지 미치자 양무철은 잘게 전신을 떨 수밖에 없었다. 갑자기 진백운이라는 존재가 지옥의 야차보다 더 무섭게 느껴졌다.

"양무철."

그리고 그 순간, 진백운이 양무철의 이름을 불렀다.

"……."

이에 양무철이 진백운을 바라봤다. 애써 표정은 숨기고 있었지만, 떨리는 심장은 세차게 방망이질을 치고 있는 중이었다.

"뭐, 뭐지?"

심지어 말까지 더듬는 양무철이다.

진백운이 그런 그를 향해 말을 이어 나갔다.

"난 네가 스스로 죗값을 받길 바란다. 그것이 설령 죽음이라 할지라도 이제 그만 악행을 멈춰야만 해. 너에게 남은 선택은 그것밖에 없어."

"……."

일순 멍해진 양무철이 잠깐 동안 가만히 진백운을 바라보았다. 그러나 그것은 아주 잠깐의 시간일 뿐이었다. 이내 그는 한 차례 미친 듯이 웃음을 토해내고는 진백운을 향해 말을 내뱉었다.

"크크크, 스스로 죗값을 받으라고? 스스로 죽으란 말인가? 진백운, 그건 너무 멍청한 제안이지. 안 그래? 여기까지 온 내가 그렇게 할 것 같은가? 크크크."

그 말에 진백운이 고개를 가로저으며 대답했다.

"넌 할 수밖에 없을 거야. 스스로 죗값을 받든 안 받든 네가 잠원마공을 익힌 이상, 넌 죽을 수밖에 없어."

"……?"

진백운의 말에 양무철은 웃음을 멈추고 눈을 크게 뜰 수밖에 없었다.

"그게 무슨 말이지?"

양무철이 진백운을 향해 물었고, 이내 진백운이 대답했다.

"말 그대로야, 잠원마공은 자신의 생명을 담보로 힘을 끌어 쓰는 무공, 그동안 잠원마공을 남발한 너는 이미 한계에 치달았어."

"헛소리! 잠원마공의 힘은 강시화, 더군다나 흑암칠병을 통해 나는 온전한 강시가 되었다!"

말도 안 되는 소리라는 듯이 양무철은 큰 목소리로 그 사실을 부정했지만, 진백운은 덤덤한 표정으로 고개를 가로저을 뿐이었다.

진백운이 계속해서 양무철을 향해 말했다.

"잘못 알고 있군, 네놈 팔이 잘린 게 그 증거다. 결국 너는 천마성이 만들어낸 소모품일 뿐. 생각을 해봐. 아무리 너희를 조종할 수 있고 절대십마들의 무공이 강하다 할지라도, 그들이 추구하는 마도천하가 이뤄진 마당에 너희같이 위험한 자를 옆에 두고 싶어 할지를."

"……."

"그리고 나 또한 잠원마공을 익혔었다. 덕분에 알게 되었지. 잠원마공은 스스로를 갉아먹는 독약이란 사실을 말이다."

"그, 그런……."

양무철은 머릿속이 너무나도 혼란스러웠다. 도무지 믿기 힘든 내용이었기 때문이다. 그리고 그런 양무철의 귀로 계속해서 진백운의 목소리가 들려오고 있었다.

"그렇기 때문에 더 이상 너는 무공을 사용할 수 없어. 무공을 쓴다는 건 네놈 수명만 갉아먹을 뿐이니까. 이제 끝났어, 양무철. 순순히 그동안의 죗값을 받아. 그게 네놈이 할 수 있는 유일한 일일 테니까."

단정적으로 내뱉는 말, 양무철은 마치 그 말이 사형 선고와 같다는 생각을 해보았다.

"크크크."

그리고 그 순간, 양무철은 다시 낮은 웃음을 터뜨릴 수밖에
없었다.

그는 다소 자조적인 목소리로 말을 내뱉었다.

"이미 멀리 온 길이다, 진백운."

멈추지 않겠다는 말이다.

위잉, 위잉, 위잉.

그에 맞춰 망혼비가 다시 양무철의 주위를 떠다니며 동조
하듯 울어대기 시작했다.

그런 양무철을 바라보며 진백운은 어쩔 수 없다는 표정을
지으며 말했다.

"결국 변하지 않겠다는 말인가⋯⋯."

진백운은 잠시 두 눈을 감았다가 떴고, 다시 뜨여진 그의
두 눈엔 단호한 기세가 서려 있었다.

진백운은 뒷말을 마저 내뱉었다.

"그럼 어쩔 수 없겠지."

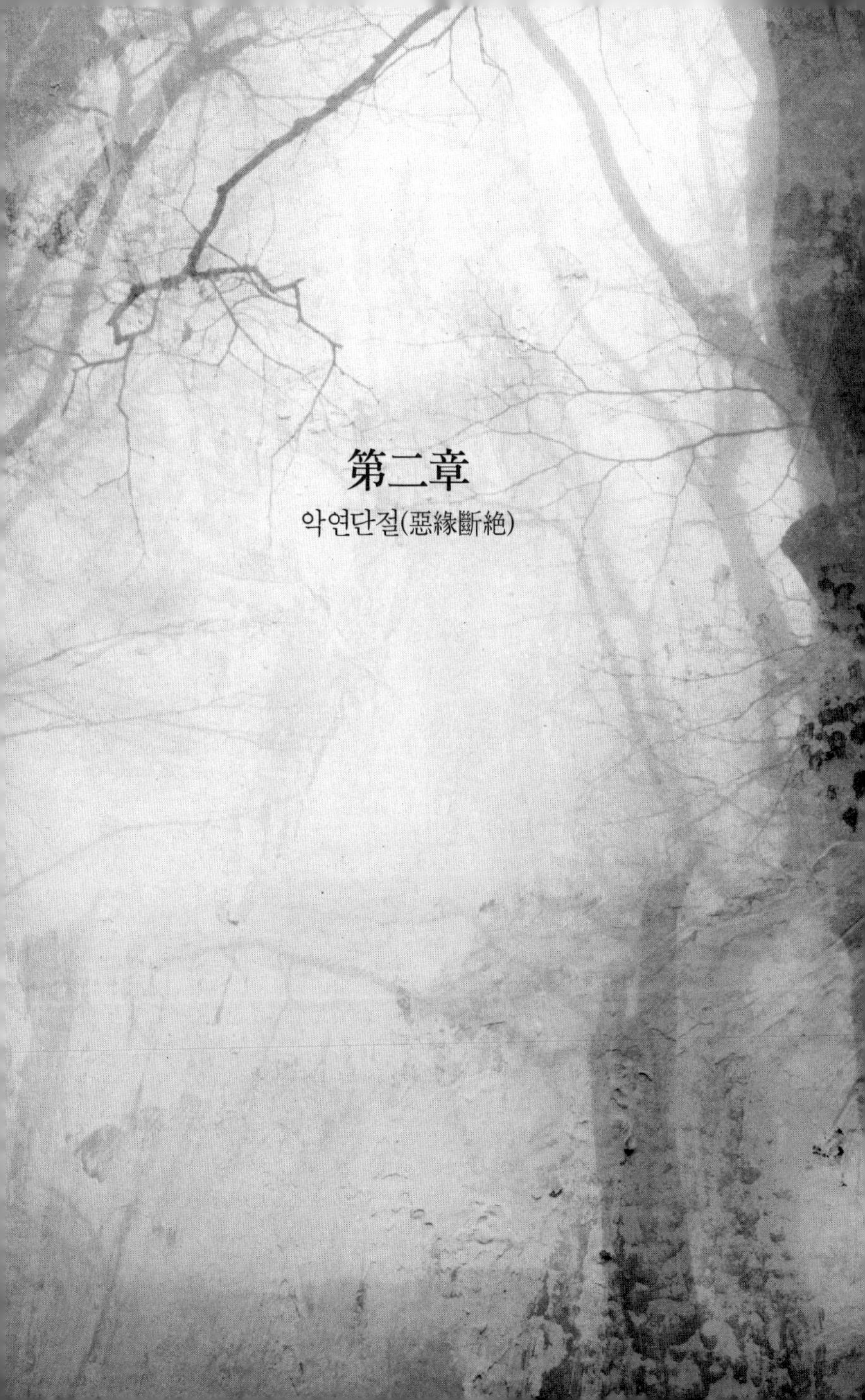

第二章

악연단절(惡緣斷絶)

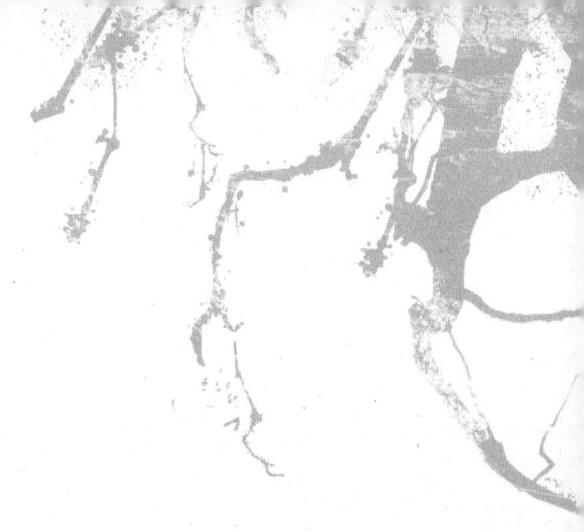

염화도제 지강수가 이끄는 일행들은 전면에 펼쳐진 상황
에 의아함을 감추지 못했다.

무진을 찾기 위해 화산에 올랐건만, 그들을 반긴 건 무진이
아닌 천마성의 무사들이었다.

"대체 이게 몇 명인지……."

그러나 천마성 무사들을 바라보던 왕삼개의 목소리에는
긴장감보다는 황당함이 곁들여 있었다.

이곳에서 천마성의 무사들과 조우한 것도 의외의 상황이
었지만, 설마 그들이 이렇게 쓰러져 있을 것이라곤 생각도 못했던 까닭이다.

"발목의 힘줄이 끊어졌군요."

다가가 쓰러져 있는 천마성 무사들을 살펴보던 유진명이 덤덤한 목소리로 일행들에게 말했다.

"대장, 여기도 마찬가지입니다."

그 반대쪽에 있던 성태강의 입에서도 유진명과 같은 말이 흘러나왔다.

'엄청나군.'

일행들의 말을 들으며 지강수는 속으로 감탄을 금치 못했다. 발목을 부여잡은 채로 쓰러져 있는 천마성 무사들을 통해 보건대, 이들은 저항도 못하고 급소를 당한 것이라는 결론이 나왔기 때문이다.

물론 자신이나 함께 있는 승천칠성 정도의 무위라면 이 정도 숫자의 천마성 무사들을 처리할 수 있을 것이다. 하지만 이토록 깔끔하게 이들을 전투 불능 상태로 만들 수는 없을 것 같았다.

'신기한 건 단 한 명도 죽지 않고 살아 있다는 것이다.'

놀라운 사실이었다. 누군지는 모르지만 이 상황을 만들어 낸 장본인은 딱 필요한 만큼의 상처만 입히고, 유유히 자리를 벗어난 것이리라. 그리고 이는 염화도제인 자신조차도 불가능한 것이었다.

"무량수불, 누군지는 모르겠으나 상당히 은밀한 자로군요. 그 어디에도 전투의 흔적이 없는 걸 보면 한 수에 한 명씩 당했다는 얘긴데……. 허허, 강호에 이 정도의 신법을 구사하는 고수가 있다니 놀라울 뿐입니다."

지강수 옆에 있던 현양진인이 솔직한 자신의 감상을 늘어놓았다.

그리고 그 말에 왕삼개 또한 동조한다는 표정으로 천천히 고개를 끄덕거리며 속으로 생각했다.

'진 소협이라면 가능할지도 모르겠군.'

그러나 왕삼개는 이내 고개를 가로저을 수밖에 없었다. 이미 진백운이 광마도를 죽이는 임무에 실패했다는 사실을 알고 있는 그였던 것이다. 그리고 또한, 그 보고를 맹에 올린 사람은 다름 아닌 자신이었다.

왕삼개가 그렇게 생각을 이어가는 사이, 옆에 있던 현양진인이 이번에는 지강수를 바라보며 말을 내뱉었다.

"무량수불……. 그나저나 도제. 이들을 어찌할 생각이십니까?"

"음… 글쎄요."

현양진인의 질문에 지강수가 자신의 턱을 매만지며 고민하는 표정을 지어 보였다.

쓰러져 있는 이들은 딱 봐도 천마성의 무사고, 이들은 명백

한 무림의 적이었다. 그동안 살생을 서슴지 않았던 이들인 것이다.

그러나 지금은 모두가 나지막한 신음을 흘리고 있을 뿐이다. 발목의 힘줄이 끊어져 버렸으니 사실상 무림인으로서의 수명은 끝이 났다고 봐야 했다.

'당연히 죽어 마땅할 자들인데… 이 상황에 죽이기도 그렇고 참……'

지강수는 속으로 혀를 찼다. 그에게는 무림맹의 수뇌로서 천마성 악인들을 처단할 의무가 있었지만, 저항조차 못하는 무인을 베는 건 무사로서의 자존심이 허락하지 않았기 때문이다.

결국 결심을 내린 지강수가 일행들을 바라보며 말을 내뱉었다.

"어차피 저항 불능의 자들이지만 그동안의 죄를 용서할 수는 없는 법이니, 일단 포박해서 맹의 처분에 맡겨야겠지요."

그러나 지강수의 이 말에 대답한 건 일행들이 아니었다.

"끌끌. 쓸모없는 놈들이긴 하나, 그렇겐 안 되지."

아주 탁한 목소리, 마치 가래를 끓는 듯한 목소리가 지강수와 일행들 사이로 흘러 퍼졌다.

"웬 놈이냐?!"

그 목소리에 왕삼개가 앞으로 나서며 큰 소리로 외쳤다. 그러나 왕삼개의 외침에 대답한 것은 또 다른 목소리였다.

"청아야, 그리고 영감. 저놈은 내 거야. 건드리지 마."

그리고 그 말이 끝나는 바로 그 순간.

화련회풍권(火聯廻風拳), 적룡출세(赤龍出世).

푸화악.

순식간에 불같은 기세가 일어나며 왕삼개를 향해 커다란 화염구가 날아들기 시작했다.

"헙!"

자신의 정면을 향해 날아오는 극양의 기운을 바라보며 왕삼개는 다급하게 헛바람을 들이켰다. 목숨의 위협을 느껴서라기보다는 상대의 정체를 순간적으로 깨달았던 것이다. 극양의 기운은 이미 예전에 경험해 본 기운이었기 때문이다.

'음… 청홍쌍동…….'

속으로 상대의 정체를 가늠하면서 왕삼개는 서둘러 두 손을 교차한 뒤, 자신에게로 날아오는 기운을 향해 오른팔을 쭉 펼쳤다.

개방의 자랑, 강룡십팔장을 발출하며 정면으로 기운을 받기로 결정한 것이다.

"큭."

그러나 내력의 차이 때문일까. 시간이 지날수록 왕삼개의 장력은 상대의 기운을 이기지 못하고 점점 밀리는 형상을 보이기 시작했다.

화르륵.

그때였다. 일순 엄청난 열기가 솟아오르며 홍아와 왕삼개 두 사람 중앙으로 하나의 인영이 끼어들었다.

"감히, 어디서."

염화도제 지강수였다.

"이런, 이런. 일석이조라더니 이 상황을 두고 하는 말이로구먼? 끌끌끌."

지강수의 모습에 탈혼마검이 만면에 미소를 지으며 말했다.

"흥."

"……."

그리고 그 옆에는 홍아가 마음에 안 든다는 듯 콧방귀를 뀌었고, 청아는 그저 무표정한 얼굴로 서 있을 뿐이었다.

'나타난 절대십마가 셋이라니…….'

지강수와 일행들의 얼굴에 그늘이 깔리기 시작했다.

*　　　*　　　*

양무철이 아무리 전력을 다해도 진백운에게는 역부족이었다. 이전에 양무철이 진백운을 상대로 우세를 점할 수 있었던 건 진백운이 천살기공을 운용하지 못할 때 들이닥쳤기 때문이지, 결코 양무철의 무공이 진백운보다 강했기 때문은 아니었던 것이다.

비록 광마도 유승에게 패하긴 했지만 진백운의 무공은 이미 초절정을 넘어선 상태, 실제로 광마도만 제외한다면 다른 절대십마들과는 일대일의 대결에서 결코 패하지 않을 진백운이었다.

그리고 양무철과 같은 잠원마령 강시의 무위는 아직까지 절대십마를 넘을 수 없는 바, 애초에 순수한 무위로만 치면 양무철은 진백운의 상대로는 모자란 감이 있었다.

그나마 양무철이 지금까지 버틴 것도 잠원마공의 효능과 망혼비의 도움이 컸다. 만약 둘 중 어느 하나라도 없었다면 이 대결은 진즉에 끝났으리라.

천살수라검(天殺修羅劍) 제일식 천살풍(天殺風).

쉭쉭쉭.

하늘을 죽이는 바람, 세 줄기의 천살풍이 엄청난 속도로 날라들며 양무철을 압박해 나갔다.

이전에 진백운은 단 한 줄기의 검기로써 천살풍을 표현했지만, 방대해진 내력과 천살수라검의 오의를 깨달은 지금은 마치 낙뢰검법을 펼치듯 자연스럽게 천살풍을 시전할 수 있는 경지에 도달했다.

촤악, 촤악.

그리고 진백운이 날린 천살풍은 양무철이 피해낼 수 있는 빠르기가 아니었다.

순식간에 그의 팔, 다리, 가슴엔 상처가 아로새겨졌고, 그런 상처를 입으면서까지 전진한 양무철의 공격은 또다시 수포로 돌아갔다.

스스스.

천살귀영신법을 통해 얄미울 정도로 요리조리 빠져나가는 진백운의 움직임 때문이었다.

"이익!"

상황이 이렇게 돌아가자 양무철은 부아가 치밀 수밖에 없었다. 아무리 통증을 느끼지 못한다지만, 자신의 몸에만 계속해서 생겨지는 상처에 기분이 상한 것이다.

이에 반해, 진백운은 침착하게 양무철을 공격해 나갔다. 어차피 잠원마공을 계속해서 운용 중인 양무철은 제 살 파먹는 짓을 하고 있을 뿐이다. 굳이 자신이 아니더라도 양무철 스스로 파멸에 이르는 바, 힘을 낭비할 필요는 없었던 것이다.

촤악.

"이놈!!"

또다시 가슴에 커다란 상처가 아로그어지자, 결국 양무철이 참지 못하고 진백운을 향해 노호성을 터뜨렸다.

찌릿.

'응?!'

하지만 그때, 양무철은 오랜만에 느껴보는 감각에 진백운을 향해 다가서려던 발걸음을 멈출 수밖에 없었다.

'통증……?'

칼에 베였다면 당연히 느껴지는 통증이지만, 한동안 잠원마공 덕분에 그 감각을 잃었던 양무철에겐 아주 작은 통증일지라도 충격적인 일이었다.

그런 양무철을 향해 진백운이 덤덤한 목소리로 말했다.

"한계가 왔나 보군."

그 말에 양무철이 진백운을 노려봤다.

"이놈, 무슨 짓을 한 것이냐?!"

"분명 말했을 텐데, 잠원마공은 네 생명을 갉아먹는 마공일 뿐이라고."

"그, 그런……."

충격으로 물든 양무철의 얼굴을 바라보며 진백운이 계속해서 뒷말을 이어 나갔다.

"잠원마공의 재생 능력. 그것은 너의 생명력을 끌어 쓰는 것일 뿐, 특별한 효능은 아니다. 아까도 말했지만, 너와 다른 괴인들 모두 천마성에 속고 있는 거지, 그들이 사용하기 좋은 장기판의 말처럼 말이야."

"……."

"양무철, 이 이상 상처를 입는다면 네 스스로 목숨을 끊는 것밖에 안 된다. 이승의 죄는 이승에서 용서받아야 하는 법, 지금이라도 멈춰라. 이건 마지막 경고다."

"……."

진백운의 말을 듣는 양무철은 정신이 없었다. 그동안의 악행, 조금이라도 높은 곳에 오르기 위해 자신이 했던 모든 행동이 천마성의 계략이라는 말은 그의 존재를 부정하는 말이었기 때문이다.

툭.

결국 이성의 끈이 양무철을 지탱할 수 있는 건 여기까지가 한계였다. 이내 그는 미친 듯한 목소리로 홀로 중얼거리기 시작했다.

"크크, 멈추라고? 여기까지 어떻게 왔는데, 지금 나에게 멈추라고? 크크크."

"양무철……."

진백운은 그런 양무철을 다소 복잡한 시선으로 바라봤다.

그리고 그 순간이다.

푸화악.

"음."

양무철의 전신에서 어마어마한 양의 마기가 주변을 장악하며 넘실거리기 시작했고, 이에 진백운은 낮은 침음을 삼킬수밖에 없었다.

순간적으로 퍼지는 양무철의 기운은 아무리 진백운이라할지라도 결코 무시할 수 없는 강함이 느껴졌기 때문이다.

위이잉.

그리고 이런 양무철의 마기에 동조하며 망혼비 또한 기다란 울음성을 토해내기 시작했다.

"잠원마공을 일시에 폭발시켰단 말인가……."

고개를 가로저은 진백운이 침울한 목소리로 중얼거렸다.

이제 양무철은 돌이킬 수 없는 강을 건넌 것이다. 잠원마공으로 저 정도 양의 마기를 폭발시켰다는 건 결국 자신의 생명력을 모두 외부로 표출시켰다는 뜻이기 때문이다.

척.

진백운은 조용히 자신의 검을 들어 올렸다. 물론 양무철은가만히 내버려 두더라도 홀로 자멸할 것이다.

'내가 베야만 한다.'

그러나 진백운은 그렇게 하고 싶지 않았다. 양무철은 청부에도 없는 대상이지만, 자신의 손으로 매듭을 짓고 싶었기 때문이다.

"죄송합니다, 아버지……."

지금 이 순간, 진백운은 천살문의 규칙을 어길 각오를 했다. 천살문 원칙에 어긋나는 살행, 그러나 진백운은 원칙보다 더 중요한 자신의 신념을 믿었다.

그는 양무철 쪽으로 한 걸음 다가서며 홀로 말을 내뱉었다.

"앞으로 가려면 베야만 하니까."

악연의 고리를 끊지 않으면 영영 제자리걸음일 뿐이다. 그리고 진백운에게 있어 양무철은, 또한 양무철에게 있어 진백운은 서로가 서로에게 악연의 시작점이라 할 수 있었다.

"나의 어설픈 대처가 너를 낳은 것이겠지."

말을 내뱉으며 진백운은 한 발자국 더 앞으로 전진했다.

위이이잉.

그와 동시에 양무철의 망혼비가 진백운의 심장을 겨냥하며 사납게 울어댔다.

그것은 진백운 또한 마찬가지였다.

척.

그는 자신의 검을 하늘 높이 들어 올린 뒤, 양무철을 향해 천천히 겨누기 시작했다.

이내, 진백운은 마지막으로 양무철을 향해 말했다.

"악연을 끊자, 양무철."

그 말이 신호탄이었다.

패애앵.

무시무시한 마기를 가득 머금은 양무철의 망혼비가 진백운의 심장을 향해 빛살 같은 속도로 날아들었고, 그에 맞서 진백운도 자신의 검을 힘차게 종으로 내리 그었다.

천살수라검(天殺修羅劍) 제삼식 천살수라(天殺修羅).

자신이 사용할 수 있는 가장 강한 초식으로 양무철을 맞이하는 진백운이었다. 그것은 그동안의 악연을 단절하기 위해서였고, 양무철을 사람으로 생각해 주는 진백운의 마지막 배려라고 할 수 있었다.

*　　*　　*

'무량수불……,'

방금 전 목격한 엄청난 광경에 무진은 마음속으로 연신 도호를 읊조릴 수밖에 없었다. 그도 그럴 것이 조금 전 진백운이 보여준 한 수는 인간의 경지를 초월한 초식이었기 때문이다.

빛이 번쩍인다 싶은 사이, 주변 반경 삼 장 내는 이미 초토화가 되어 있었던 것이다.

"컥, 크윽."

시커먼 피를 토해내며 양무철은 괴로운 신음을 흘렸다. 그리고 그런 양무철을 향해 진백운은 천천히 걸음을 옮기며 다가갔다.

"큭큭, 크윽."

다가오는 진백운을 바라보며 양무철은 피를 토해내면서도 낮은 웃음을 흘렸다.

이내, 양무철은 진백운을 향해 말했다.

"회복이 안 되는군……."

"……."

당연하다. 이미 모든 생명력을 마기로 바꾼 그에게 회복할 힘이 남아 있을 리는 없었다.

"아마도 난 죽겠지?"

"억울한가?"

진백운이 양무철을 향해 물었다.

"크큭, 억울하냐고?"

그 질문에 양무철은 힘겹게 고개를 좌우로 가로저었다. 이내, 다시 한 번 검붉은 피를 토해낸 그가 진백운을 향해 말을 이어 나갔다.

"삼류 낭인이었던 나의 죽음 치곤 꽤나 그럴 듯한 죽음인데… 억울할 리가……. 천살한테 죽는 걸 보면 나도 꽤나 강한 악인이었으니… 미련은……."

힘겹게 말을 내뱉던 양무철의 목소리가 점점 흐려지기 시작했다.

"……."

진백운은 그런 양무철을 아무 말 없이 바라봤다.

'그럴 듯한 죽음이라…….'

세상에 그런 죽음이 있을까. 어떻게 죽든 죽는 건 죽는 것일 뿐이다. 마찬가지로.

'어떻게 죽였든 이유가 무엇이든, 살인은 살인일 뿐이겠지…….'

잠깐 동안 진백운의 입가엔 씁쓸한 미소가 자리 잡았다. 하지만 그 순간은 아주 잠깐일 뿐이었다.

살수가 사람을 죽이는 것에 흔들려서는 안 되는 법, 진백운은 마음 한켠에 자리 잡는 씁쓸한 감정을 서둘러 정리했다.

"무량수불. 부디 다음 생에선 죄를 짓지 마시길……."

어느새 다가온 무진이 도호를 읊어주며 양무철의 넋을 기려주었다. 아무리 천인공노할 악행을 저지른 자라지만, 죽은 자의 넋을 기리는 건 도사로서 무진이 해야 하는 당연한 일이었던 까닭이다.

"후회하십니까?"

잠시 양무철의 넋을 기려준 무진이 진백운을 향해 물었다.

이에 진백운은 덤덤한 표정으로 고개를 가로저었다.

"저마다의 일이 있는 법이지요. 양무철의 넋을 기려주는 게 무진 도사가 해야 하는 일이라면, 양무철을 베는 건 제 일이었던 게지요."

아무렇지 않은 표정으로 하는 말이었지만, 무진은 진백운의 말속에서 깊은 슬픔과 부러지지 않을 각오를 엿볼 수 있었다.

이내, 무진이 진백운을 향해 다시 질문을 던졌다.

"이제 어찌하실 생각이십니까? 여기는 얼추 다 정리된 것 같은데……."

진백운의 마지막 초식, 그 말도 안 되는 강함을 목격한 무진이었기에 그의 태도는 매우 신중해 보였다.

천마성의 위협에 풍전등화처럼 위태로운 게 현 강호의 실정이다. 즉, 진백운과 같은 고수가 한 명이라도 아쉬운 게 정파무림의 입장이라고 할 수 있었다.

"글쎄요……."

물론 진백운도 그런 무진의 생각과 입장을 충분히 이해할 수는 있었다. 그리고 그동안 강호의 일에 개입하지 않는다는 자신의 말과는 상반되게도 이미 강호와 밀접하게 연관된 자신을 느끼고 있었다.

잠시 생각을 정리한 진백운이 천천히 입을 열기 시작했다.

"일단은 광마도를 다시 만나야겠지요."

결연한 표정을 지은 진백운의 말이었다.

천살령패를 통한 의뢰가 있는 이상, 광마도 유승과 자신의 승부는 한쪽이 이 세상에서 영원히 사라지기 직전까지 계속될 수밖에 없었기 때문이다.

말을 내뱉는 진백운의 눈빛은 깊게 침잠해 있었다. 그는 일전에 있었던 유승과의 대결을 머릿속에 떠올렸다.

오만하지만 그만큼 강한 자.

순수한 무력으로 절대십마의 수좌에 군림하는 유승은 과연 마의 전설로서 손색이 없는 자였고, 천살수라를 깨달은 지금도 그와의 승부는 종잡을 수 없어 보였다. 그러나 진백운은 단 한 가지만은 확신했다.

'무슨 이유였든 나를 죽이지 않은 걸 후회할 것이다.'

내면의 세계를 겪으면서 진백운은 무공에서 놀라운 성취를 얻었지만, 정작 더 큰 성장을 이룩한 건 정신적인 면이었다.

그것은 단호함이었다.

그동안 여러 차례 망설이고 흔들렸던 과거의 자신과는 달리 현재 진백운의 마음속에는 단 한 치의 머뭇거림도 존재하지 않았던 것이다.

그리고 그 차이는 어마어마할 것이다.

머뭇거리지 않고 일보를 내딛는 것만으로도 상당히 많은 것들이 달라지기 때문이다.

"무진 도사."

결정을 내린 진백운이 옆에 있는 무진의 이름을 불렀다.

이에 무진이 바라보자 뒷말을 마저 잇는 진백운이다.

"저는 유승을 만나러 갈 것입니다. 도사는 어쩌시겠소?"

그 말에 무진의 눈빛이 변했다.

왜냐하면 그토록 기다려 왔던 말이었기 때문이다.

무당파 혈사를 일으킨 장본인, 유승과 괴인은 무진에게 있어 불구대천의 원수와 다름없었던 것이다.

"당연히 가야지요."

무진의 대답에 진백운은 고개를 끄덕였다.

아마 과거의 자신이었다면 이런 무진을 만류했으리라. 하지만 지금은 그럴 수 없었다. 적들을 향해 내딛는 일보, 앞으로 가야 할 길은 혼자 걸어선 도달할 수 없다는 사실을 어렴풋이 깨달았기 때문이다.

잠시 후, 진백운은 무진을 향해 말했다.

"그럼 갑시다."

미래를 향해 나아가는 발걸음, 진백운은 힘찬 발걸음으로 지면을 향해 그 일보를 내딛었다.

*　　　*　　　*

카앙.

주먹과 칼이 부딪쳤건만 마치 쇠와 쇠가 부딪히는 듯한 소리가 울려 퍼지고 있었다.

'그래도 절대십마라 이건가?'

상대와의 간격을 벌리며 유진명은 속으로 감탄했다.

홍아의 무공이 극양이라면 지금 상대하는 청아의 무공은 음유(陰流)하면서도 날카로웠다. 그뿐이라면 다행이겠지만, 사실 청아가 까다로운 이유는 그 성격에 있다고 봐야 했다.

'차라리 없는 게 나을지도……'

현양진인과 성태강을 바라보며 유진명은 잠시 고개를 가로저었다. 아닌 게 아니라 두 사람의 존재가 오히려 이쪽의 약점이 되고 있었기 때문이다.

청아는 집요하게 현양진인과 성태강을 노리며 공격해 들어왔고, 그 덕에 왕삼개와 유진명은 두 사람을 구하기 위해 절호라 할 수 있는 기회들을 번번이 놓쳐야만 했던 것이다.

그렇다고 두 사람에게 빠지라 할 수도 없는 입장이다. 아니, 말을 한다고 하더라도 두 사람이 순순히 들을 리 만무했다.

 문제는 이쪽에서 청아를 상대하며 시간이 지체되고 있는 동안, 홀로 탈혼마검과 홍아를 상대하는 지강수가 버텨줄 수 있는가 하는 점이었다.

 이에 유진명은 잠시 지강수 쪽으로 시선을 던졌다.

 '아직까지는……'

 다행히도 지강수는 두 명의 절대십마를 상대하면서도 아직까지는 호각의 상태를 잘 지켜 나가고 있었다.

 그러나 안심할 수는 없었다. 절대사제, 그리고 절대십마 정도 되는 고수들의 싸움은 한순간에 승패가 나뉘기 때문이다.

 '어찌됐든, 이자부터 처리해야 한다는 말이군.'

 유진명은 비릿한 미소를 머금고 있는 청아의 얼굴을 바라보았다. 그러나 그는 무려 네 명의 합공을 막아내면서도 전혀 지친 기색이 없었다. 오히려 그가 이끄는 대로 싸움이 흐르고 있는 기분이다.

 "이대로는 안 되겠지……"

 유진명은 자신의 검을 들어 올리며 중얼거렸다.

 한시라도 빨리 지강수를 돕기 위해서 다소 무리를 하는 한이 있더라도 이곳의 싸움을 결착 지을 필요가 있었던 것이다.

 잠시 후, 가볍게 몸의 긴장을 풀어낸 그는 이내 내력을 끌어 올리며 청아를 향해 한 발자국 전진하기 시작했다.

　　　*　　　*　　　*

캉, 카캉.

염화도제 지강수의 싸움은 훨씬 더 치열했다.

쉬이익.

"성가시군, 흐읍!"

등 뒤에서 날아드는 날카로운 예기를 느낀 지강수가 한 차례 몸을 회전시키며 주변에 화염의 도풍을 만들어내었다.

만약 홍아와의 일대일 승부였다면 진즉에 결착을 지을 수 있었겠지만, 시시때때로 방해하는 탈혼마검 탓에 이제는 승패의 방향조차 묘연해지기 시작했다.

"절대십마라는 이름이 아깝군, 치사하게 합공이라니……."

탈혼마검의 월영섬을 막아낸 지강수가 투덜거리는 목소리로 말을 내뱉었다.

"끌끌……."

지강수의 말에 탈혼마검은 별안간 낮은 웃음을 흘렸다.

그러고는 이내 덤덤한 표정으로 말을 이었다.

"지는 마당에 정직해서 뭣하겠나? 그러니 치사하더라도 이기고 보자는 게지."

"……."

너무나도 당당하게 말하는 그의 태도에 지강수는 기가 찰 수밖에 없었다.

절대십마. 마인들의 우상이라면 나름의 자존심은 있을 줄 알았는데 대화를 나눠 보니 그게 아니었던 모양이다.

그러나 이미 한 차례 진백운을 통해 패배를 겪어본 탈혼마검과 청홍쌍동의 생각은 옛날과는 많이 바뀌어 있었다. 게다가 성내의 주도권을 두고 각축을 벌이는 지금 서로의 힘을 합치는 데 전혀 거리낌이 없는 그들이었던 것이다.

"끌끌, 게다가 숫자가 많은 쪽은 애초에 자네들이지. 정정당당하고 싶다면 한 명씩 나오는 게 어떠한가? 끌끌끌."

"크음."

허를 찌르는 탈혼마검의 말에 지강수는 침음을 쓰게 삼킬 수밖에 없었다. 무려 네 명의 합공을 받아내고 있는 청아가 있는 판국에 치사함을 운운하기엔 무리가 있었던 까닭이다.

파아앙.

그사이, 별안간 홍아의 주먹이 지강수에게로 날아들었다.

"협!"

재빠르게 몸을 피해낸 지강수는 기습을 날린 홍아를 어이없다는 눈빛으로 바라봤지만, 뒤에 이어지는 탈혼마검의 말 때문에 딱히 반박할 수는 없었다.

"대결 중에 한눈을 팔면 안 되지, 끌끌끌."

"……."

모든 건 결과가 말해주는 법.

결국 지강수는 싸우는 것 외에 다른 방법은 없다는 사실을 깨달을 뿐이었다.

*   *   *

누가 뭐래도 고랑검객 유진명은 승천칠성 중에서도 수좌를 다투는 인물이다. 그리고 늑대의 검을 사용하는 유진명의 검세는 사납기 그지없었다.

카아앙.

"칫."

강렬하게 유진명의 검과 맞부딪힌 청아가 인상을 쓰며 오른손을 털어내었다.

그러나 그것도 잠시일 뿐, 재차 자신을 향해 돌진하는 유진명 탓에 쉴 틈이 없는 청아였다.

'이 자식은 대체 뭐야.'

아무리 승천칠성 중에서도 상위권에 있는 고랑검객이라지만, 설마 절대십마에 속하는 자신과 맞먹을 정도의 무력을 소유했으리라곤 예상도 못했기 때문에 그 놀라움은 배가 될 수밖에 없었다.

더군다나 유진명의 검세가 워낙 사나운 탓에, 비교적 약자였던 현양진인과 성태강의 근처로는 가지도 못하는 게 청아의 현재 입장이었다.

물론 이는 두 사람의 대결을 지켜보고 있는 왕삼개, 현양진인, 그리고 성태강도 마찬가지인 상황이었다.

유진명이 본격적으로 나선 지 얼마 안 돼서 결국 유진명과 청아 두 사람의 일대일 승부로 판도가 변질되었던 것이다.

"무량수불. 고랑검객의 위명이 허언이 아니었구려, 허허."

청아와 호각으로 맞서는 유진명을 바라보며 현양진인의 입에서 자연스럽게 감탄성이 터져 나왔다.

그것은 왕삼개도 마찬가지였다.

그는 고개를 끄덕이며 현양진인의 말을 보태었다.

"그러게 말입니다. 이거 끼기도 애매하고. 어찌됐든 지금은 유 소협을 믿을 수밖에 없군요."

일대일의 승부로 변질된 지금, 함부로 승부에 끼어들 수는 없었다. 만약 자신의 무위가 두 사람의 무위를 훨씬 상회하고 있다면 가능한 일이었겠지만, 그것이 아니라면 실로 위험천만한 일이기 때문이다.

자칫 잘못 끼어들었다간, 오히려 유진명에게 해가 가는 짓일 뿐이었기 때문이다.

"대장……."

하지만 정작 유진명을 바라보는 성태강의 눈빛은 걱정으로 물들어가기 시작했다.

그는 알고 있었다. 얼핏 유리한 듯 보이지만, 실상 유진명이 청아에게 밀리고 있다는 사실을 말이다.

유진명은 언제나 여유로운 검식으로 상대와 겨루는 사람이다. 그가 고랑검법을 펼치며 맹수처럼 상대에게 달려든다는 건 그만큼 그의 현재 상황이 절박하다는 것을 의미했다.

아마 단시간 안에 청아를 제압하지 못한다면, 시간이 지날수록 유진명이 불리해질 게 분명했다.

고랑검법은 그런 검법이기 때문이다. 외로운 늑대가 마지막 울음을 내뱉는 검법. 결국 지친 늑대는 그 힘을 잃고 쓰러지게 마련인 셈이다.

'이대로라면…….'

한 차례 주위의 전황을 훑어본 성태강의 이마 위로 식은땀이 흘러내렸다.

비록 지강수와 유진명이 분전하곤 있지만, 점점 패색이 짙어지는 것만 같았던 까닭이었다.

그러나 아무리 생각해 보아도 이 상황을 타개할 마땅한 방법이 떠오르지 않았다.

지금 이 순간, 성태강이 바라는 건 단 한가지였다.

‘휴우, 지금이라도 무진 도사가 나타나길 바라는 수밖에…….’

자신과 일행들이 화산에 오른 이유는 운중복검 무진을 찾기 위해서였고, 만약 승천칠성의 일인인 그가 합류한다면 짙어지는 패색을 걷어낼 수 있으리란 생각이 들었다.

“부디…….”

근심스런 목소리로 중얼거리며 성태강은 잠시 하늘을 올려보았다.

그리 큰 기연과 행운을 바라는 것이 아니다.

이 순간, 그가 하늘에 바라는 건 아주 작고 소박한 것이었다.

변화, 상황을 바꿀 수 있는 아주 작은 변화를 내려주길 간절히 바라고 있을 뿐이었다.

*　　　*　　　*

‘과연 절대사제란 말인가?’

서로가 적이라는 입장에서 대놓고 표현할 수 없는 일이었기에 속으로 생각할 뿐이었지만, 염화도제 지강수를 상대하는 탈혼마검은 그의 무공에 감탄을 금치 못하고 있었다.

세간의 평가로는 천마성의 절대십마와 무림맹 절대사제의

무공이 엇비슷할 것이라 여겨졌었고, 불과 몇 시진 전까지는 자신 또한 그렇게 믿고 있었다.

하지만 청홍쌍동의 홍아와 함께 합공을 펼치면서도 도무지 우세를 가져가지 못하는 상황이 오고서야, 탈혼마검은 지금까지 가져왔던 자신의 생각을 고쳐먹어야만 했다.

'인정할 건 인정해야겠지……'

반평생 절대십마로서 자신의 무공에 대한 자존심으로 살아왔던 그의 입장에서 씁쓸한 마음이 드는 건 사실이었지만, 어쩔 수 없는 일이었다.

그동안 무림맹의 절대사제와 비견됐던 건 자신 정도의 절대십마가 아니었던 것이다.

절대십마 중에서도 상위에 머무는 자들, 예를 들어 광마도나 혈화마녀 정도의 인물이 일대일로 절대사제와 비견할 수 있었던 것이다.

"이익, 저 망할 놈이!"

그러나 옆에 있는 홍아는 그 사실을 인정하지 않는 듯 보였다.

그는 그저 미친 듯이 내력을 마구 쏟아부으며 효율적이지 못한 공격을 지강수에게로 던지고 있을 뿐이었다.

화르륵.

홍아의 불길과 지강수의 불길을 서로 맞붙으며 뜨거운 열기를 만들어내었다.

"이이익!"

내력에서 밀리는지 홍아는 자신의 어금니를 잘근 깨물며 악다구니를 쓰기 시작했다.

"월영섬!"

그대로 두면 홍아가 밀릴 게 분명했기에, 탈혼마검은 월영섬의 초식으로 지강수를 방해했다.

"쳇!"

이에 지강수는 불평스런 음성을 내뱉으며, 다잡은 홍아를 포기한 채 자신에게로 날아오는 검기를 피해야만 했다.

"이쯤 하는 게 어떻겠소? 슬슬 한계가 보이는 것 같소만?"

상대와의 간격을 넓힌 지강수는 홍아를 손가락으로 가리키며 탈혼마검을 향해 말을 내뱉었다.

"이 자식이!"

자신을 향해 손가락질을 하는 지강수의 태도에 열불이 뻗친 홍아가 얼굴을 붉힌 채 불쾌한 감정을 표현했다.

하지만 그런 홍아의 반응과 상관없이 탈혼마검은 지강수의 말에 공감하지 않을 수 없었다.

그도 그럴 것이 조금 전 지강수가 내뱉은 말처럼 자신의 눈에도 홍아가 지쳐 있는 모습이 확연히 드러났던 까닭이다.

'쯧쯧, 고놈의 성격이 문제로다.'

한배를 탄 입장에서 싫은 소리를 내뱉을 순 없었기에 탈혼마검은 그 말을 속으로 삼켜야만 했다.

그러나 홍아를 바라보는 그의 시선이 곱지 못한 건 어쩔 수 없는 일이었다.

염화도제가 일대일로서 자신들보다 강하다는 사실은 부정할 수 없는 사실이라지만, 절대십마 두 명이서 합공을 하는 마당에 굳이 못 이길 상대는 결코 아니었다.

문제는 홍아의 무공과 염화도제의 무공이 같은 속성이라는 것과 홍아의 쓸데없는 자존심에 있었다.

진백운에게 패배를 당한 건 탈혼마검이나 청홍쌍동이나 마찬가지였지만, 패배를 당하고 난 뒤에 마음가짐은 서로가 달랐다.

탈혼마검은 겸연히 자신의 실력이 미치지 못함을 인정했지만, 청홍쌍동은 마치 어린아이와 같은 자들. 자신들의 패배를 결코 인정하려 하지 않았던 것이다.

이러한 청홍쌍동의 자존심은 지강수를 상대하면서도 계속해서 이어졌고, 홍아는 무리하고 비효율적인 공격으로 내력을 쏟아부었던 것이다. 그리고 결국 자신만 지치는 결과를 초래했다.

'물론 나였어도 장담은 못했을 일이지만……'

그것은 비슷한 성질끼리의 무인이 만난 부작용이라 할 수 있었다.

염화도제와 홍아의 무공은 극양의 무공, 자신의 불길이 지강수에게 미치지 못한다는 건 자존심에 금이 가는 일이었으리라.

그리고 그 사실은 어떻게든 힘으로 누르고 싶다는 치기를 일으켰을 게 분명했다.

만약 쾌검을 쓰는 무인을 만났다면, 탈혼마검 자신도 오로지 속도로써만 상대를 제압하고 싶었을 것이다.

'문제는 그 덕에 다 잡은 승기를 놓쳤다는 것이겠지.'

씁쓸한 미소를 지으며 탈혼마검은 고개를 가로저었다.

홍아의 마음을 이해 못하는 것은 아니지만 솟아오르는 치기심을 조금만 눌렀어도 절대사제, 염화도제라는 정파무림의 거물을 죽였다는 엄청난 전공을 쌓을 수 있었던 기회이기 때문이다.

탈혼마검이 그렇게 아쉬운 마음을 달래고 있는 사이, 지강수의 목소리가 그의 귓가에 다시 들려오기 시작했다.

"뭐, 굳이 계속해도 상관은 없소. 저 건방진 꼬마 놈과는 달리 아직 본인은 팔팔하니 말이오."

"이, 이놈이!"

격장지계(激將之計)를 쓰는 것일까, 굳이 홍아를 자극하며 걸고넘어지는 지강수였다.

"끄응……."

그리고 그 수에 금방이라도 넘어갈 듯 보이는 홍아의 태도
에 탈혼마검은 결국 자신의 뒷머리를 긁적였다.

지강수는 다시 말을 내뱉으며 탈혼마검을 재촉했다.

"자아, 어쩌시겠소? 빨리 결정을 내려주길 바라오. 미안하
오만, 이렇게 여유를 부릴 시간이 없어서 말이지……."

마지막 경고를 던지는 염화도제의 눈빛이 깊게 가라앉기
시작했다.

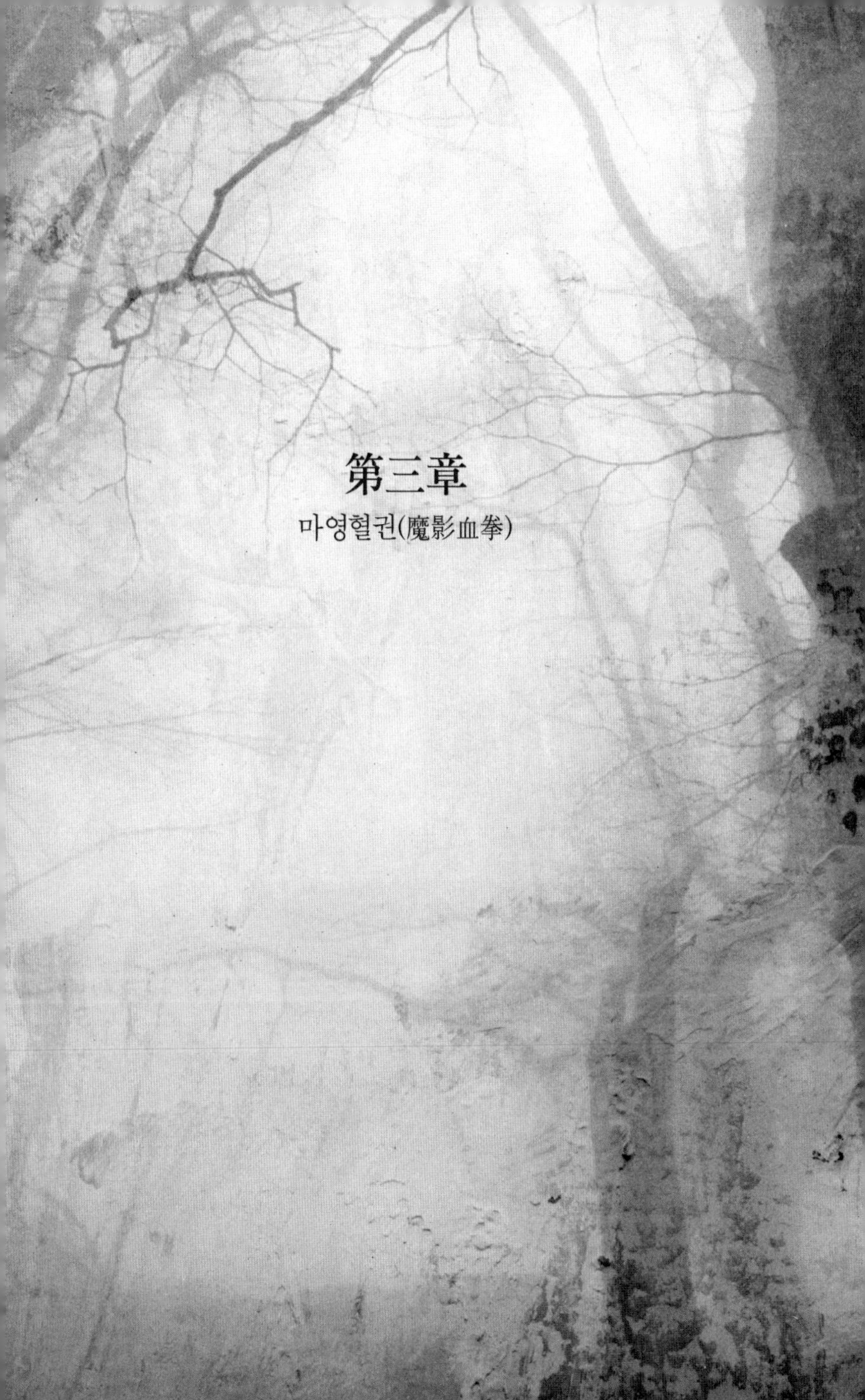

第三章
마영혈권(魔影血拳)

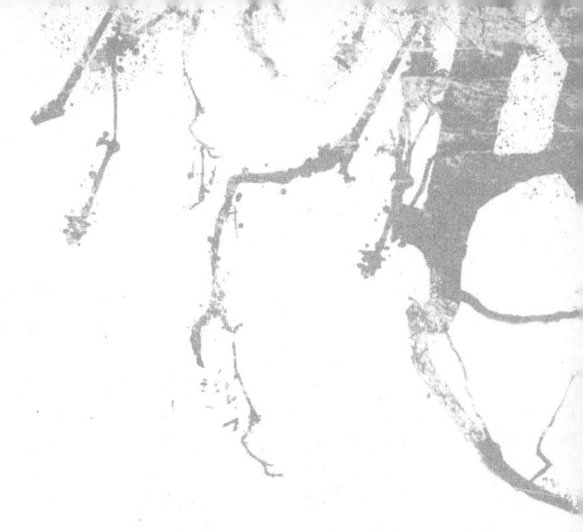

사실 호기롭게 말을 내뱉었지만, 지강수의 속은 이와는 반대로 바짝 타들어가고 있는 중이었다.

무슨 이유에서인지 모르겠지만, 청아와 유진명은 일대일로 공방을 나누고 있었던 까닭이다.

'합공을 해도 모자랄 판국에…….'

아무리 유진명이 승천칠성 중에서도 강자에 속하는 자라지만, 절대십마를 일대일로 상대한다는 건 일견 생각하기에도 위태로운 짓일 뿐이다.

그가 생각하기엔 합공을 해서 싸움을 차륜전으로 가져가

는 게 백번 생각해도 옳은 일이었다.

하지만 저렇게 치열한 공방이 시작됐다면, 유진명보다 실력이 떨어지는 일행들이 끼어들기에는 곤란하리라.

'문제는 시간이다.'

지강수는 한눈에 상황을 판단했고, 머릿속으로 빠르게 계산을 굴렸다.

얼핏 비슷하게 보이지만, 이대로 둔다면 유진명이 청아에게 패배할 것은 불 보듯 뻔한 일이었다.

유진명이 약해서도 아니고, 청아가 강해서도 아니다.

그것은 바로 세월의 차이였다.

체력과 초식, 순간적인 기지라면 유진명이 청아보다 앞설 수 있을지 몰라도 세월이 가져다주는 내력의 차이는 결코 쉽사리 뛰어넘을 수 있는 게 아니었기 때문이다.

외모는 저래 보여도 청홍쌍동의 나이는 자신보다 많지 않은가. 더군다나 유진명은 낭인 출신, 내력에는 불리한 조건이 너무나도 많았다.

내력을 증진시켜 주는 영약은 고사하고, 상승의 내공심법을 익히지 못했다는 이유는 확실히 안타까운 일이었다.

"이제 결정을 하시오."

이에 지강수는 단호한 기세를 담은 목소리로 탈혼마검을 향해 나지막한 경고를 내뱉었다.

상황이 이렇게 된 이상, 허장성세(虛張聲勢)로 상대를 물러나게 하는 게 최선책이란 생각이 들었던 것이다.

"끌끌끌."

그러나 탈혼마검은 지강수의 말에 낮은 웃음을 흘렸다.

"……."

이에 지강수가 말없이 탈혼마검을 주시했다.

하지만 바짝 말라가는 입술은 그가 얼마나 긴장하고 있는지를 느끼게 만들어줄 뿐이었다.

그러는 사이, 탈혼마검의 입이 열리기 시작했다.

"이거 어쩔 수 없구먼, 끌끌."

그는 여전히 웃음을 흘리면서 고개를 가로저어 나갔다.

이내, 탈혼마검이 큰 목소리로 말했다.

그러나 그의 말이 향하는 대상은 정작 그에게 질문을 던졌던 지강수가 아닌 듯 보였다.

"이쯤 구경했으면 충분하지 않소이까? 도와준다면 내 이 일을 잊지 않겠소이다. 끌끌끌."

"?!"

그 말에 지강수의 동공은 커질 수밖에 없었다.

'이런!'

이내, 지강수의 이마 위로 식은땀이 흘러내리기 시작했다.

설마 이들에게 또 다른 동조자가 있을 것이라곤 생각조차 못했기 때문이었다.

이에 지강수는 순간적으로 계산을 돌렸고, 최대한 빠르게 판단을 내렸다.

푸화악!!

별안간 그의 도에서 불같은 기세가 솟구쳐 오르기 시작했다.

염화도법(炎火刀法) 제일식 화망회회(火網回回).

그리고 그 즉시, 탈혼마검과 홍아를 노린 화염의 그물이 촘촘하게 얽혀 들어가며 두 사람을 압박해 들어갔다.

누군지는 모르겠지만, 동조자가 모습을 드러내기 전에 무조건 피해를 입혀야만 했던 것이다.

그러나 지강수의 이런 시도는 결국 무위로 돌아가야만 했다.

"흐아압!"

그것은 갑자기 나타난 기합성일 뿐이었다.

콰아앙!

하지만 효과는 충분했다.

서로의 기운이 부딪혀 만들어낸 엄청난 굉음. 그리고 잠시 후 자욱한 뿌연 흙먼지가 주변 일대를 잠식하기 시작했다.

                    *   *   *

콰아앙!

마치 화산을 폭발시킬 듯한 엄청난 굉음이다.

"응?!"

무진과 함께 산을 내려가던 진백운이 그 소리에 신법을 멈
췄다.

진백운과 무진은 소리가 난 방향을 바라봤다.

"무량수불, 이게 대체……."

무진이 낮은 도호를 읊조리며 고개를 갸웃거렸다.

산속이라 소리가 더 크게 들렸을 수도 있지만, 이 정도의
굉음은 무시할 수 있는 수준은 아니었기 때문이다.

이내 그는 진백운을 향해 물었다.

"무슨 일일까요?"

"글쎄요……."

무진의 질문에 진백운은 자신의 턱을 매만졌다.

"……."

진백운은 말없이 굉음이 울려 퍼진 방향을 올려 보았다.

비록 방향은 달랐지만 조금 전까지 양무철, 그리고 천마성
의 무사들과 일전을 벌였던 탓에 신경이 안 쓰일 수가 없었던

것이다.

 ‘양무철은 확실히 죽었는데…….’

턱을 매만지며 진백운은 머릿속으로 생각을 이어 나갔다.

양무철의 죽음은 의심할 구석이 없는 완벽한 죽음이었고, 확실하게 확인하고 내려왔다.

그러나 잠원마공 때문일까, 자꾸만 불안한 마음이 드는 건 어쩔 수 없었다.

물론 지금은 잠원마공이 어떤 무공인지 웬만큼 파악한 진백운이었지만, 혹시나 모를 가능성을 배제할 수는 없었던 것이다.

더군다나 화산은 조금 전까지 천마성의 무사들이 자신을 잡기 위해 진을 치고 있었던 곳이다.

즉, 양무철뿐 아니라 모든 불확실성이 넘쳐흐르는 장소라 해도 과언은 아닌 셈이다.

잠시 후, 무진이 진백운을 향해 말했다.

"확실한 건 자연이 만들어낸 소리는 아닙니다."

"음……."

이에 진백운이 사뭇 심각한 표정을 지어 보이며 고개를 주억거리기 시작했다.

무진의 말대로 조금 전 울려 퍼진 굉음은 일견 듣기에도 인위적인 소리였던 까닭이다.

그리고 진백운은 느낄 수 있었다.

굉음의 진원지와 이곳까지의 거리로 판단하건대, 저곳에는 엄청난 고수가 존재하고 있을 터였다.

'광마도……? 아니, 아니야.'

혹시나 유승이지 않을까 생각해 봤지만, 이미 일전에 붙어 본 결과를 통해 진백운은 그는 아닐 것이라 예상했다. 광마도 유승은 이리 요란스런 사내가 아니었기 때문이다.

물론 이는 단지 진백운의 예상일 뿐이었다. 하지만 왠지 모르게 진백운은 지금 저 굉음을 만들어낸 장본인이 광마도는 아닐 것이란 확신이 들었다.

그렇게 진백운이 생각을 잇는 사이, 그의 귓가로 목소리가 날아들기 시작했다.

"진 소협, 어떻게 할까요?"

무진의 물음이었다.

진백운은 선택을 내려야만 했다.

계속 내려갈 것인지, 다시 오를 것인지.

"흐음……."

이에 다시 한 번 손을 자신의 턱으로 가져가는 진백운이다.

그러나 선택의 순간은 그리 길지 않았다.

마음속에 결정을 내린 진백운이 무진을 향해 물었다.

"혹시 도사도 이러시오?"

“네?”

다소 뜬금없는 진백운의 질문에 무진은 반사적으로 되물을 수밖에 없었다.

그러나 진백운은 이런 무진의 반응과 상관없이 자신이 할 말만 계속해서 이어 나갈 뿐이다.

진백운이 말했다.

“궁금해서 못 참겠습니다. 다시 올라가죠.”

타앗.

그렇게 말을 마치고는 바로 튀어나가는 진백운의 신형이다.

“…….”

무진은 잠시 그런 진백운의 뒷모습을 멍하니 바라봤다.

“훗.”

그러나 이내, 입가에 가벼운 미소를 지었다.

타닷.

잠시 후, 무진 또한 진백운의 뒤를 따라 신법을 전개하기 시작했다.

여전히 미소를 머금은 무진의 시선이 계속해서 진백운을 향하고 있었다.

무진은 마음속으로 혼자 중얼거렸다.

‘네, 물론 저도 그렇습니다. 그게 무림이란 숲을 살아가는 저

희의, 아니 우리의 숙명이니까요.'

진백운의 뒷모습을 쫓는 무진의 눈빛은 그 어느 때보다 편안해 보였다.

그것은 그가 느끼고 있었기 때문이다.

동질감.

그동안 진백운과 많은 시간을 같이하고, 많은 일들을 겪었던 무진이었지만, 언제나 진백운과 자신 사이에 이질감이란 벽을 느꼈었다.

그러나 지금 이 순간, 그 벽이 조금씩 사라지는 느낌이다.

'진 소협, 부디 앞으로도 무림에서 같이 살았으면 좋겠습니다……'

무진은 진심을 담아 속으로 기원했다.

진백운은 풍전등화와 같은 무림의 운명을 바꿔줄 유일한 사내. 비록 진백운은 원하지 않을지도 모르지만, 인연이란 핑계를 대서라도 그를 잡고 싶은 게 무진의 속마음이었다.

천살, 하늘도 죽인다는 살수.

모순적이게도 그동안 살수를 경멸했던 정파무림에 가장 필요한 건, 살수들의 왕(殺手之王)이었던 것이다.

*　　　*　　　*

"크윽!"

결국 지강수의 입에서 낮은 신음이 터져 나왔다.

조금 전 상대에게 허용한 일격에 왼쪽 어깨가 강한 통증을 호소하고 있었기 때문이다.

"신음을 흘리기엔 아직 이르지 않은가? 하하하."

파아앙.

상대를 깔보는 오만한 목소리와 함께 강한 기세를 담은 주먹이 용권풍을 만들어내며 지강수를 덮쳐오기 시작했다.

"헙!"

이에 지강수는 염화도제라는 자신의 신분도 잊은 채, 다급하게 허리를 숙이며 땅바닥을 굴러야만 했다.

"크하하하."

그 모습에 사내는 지강수를 향해 가소롭다는 웃음을 크게 내뱉었다.

마영혈권(魔影血拳) 장충(張衝), 절대십마의 일원인 그에게 무림맹 절대사제가 땅바닥을 뒹구는 모습은 돈 주고도 보기 힘든 구경이었던 것이다.

'제길……'

빠드득.

이에 서둘러 몸을 일으킨 지강수가 속으로 욕지거리를 내뱉으며 자신의 어금니를 부러질 듯이 세게 깨물었다.

'하필 마영혈권이라니…….'

장충을 바라보는 그의 시선은 꽤나 복잡해 보였다.

마영혈권은 광마도도 인정하는 천마성의 강자, 탈혼마검이나 청홍쌍동보다 두세 수 높은 무위를 가진 사내였기 때문이다.

십 년 전, 정마대전을 바탕으로 무림맹은 절대십마들의 무위를 되새겨 보며, 나름대로의 판단을 내렸다.

개방의 정보력과 제갈세가의 지략을 토대로 내린 그 판단은 무림맹과 천마성의 전력을 비교할 수 있는 신뢰성 있는 정보였고, 이는 무림맹 수뇌들로 하여금 고개가 끄덕여지게 할 만큼 정확했던 것이다.

그리고 그 판단에 따르자면 마영혈권이란 사내는 특급으로 여겨질 정도로 위험한 마인이라 할 수 있었다.

정파무림의 기둥이라는 절대사제들이 일대일로는 도저히 이길 수 없는 존재는 천마성에 딱 네 명이 존재하고 있었는데, 천마, 광마도, 파성마각, 그리고 마영혈권이었다.

그리고 혈화마녀와 적우군사는 동수(同數), 이에 끼지 못한 나머지 절대십마들은 확실히 절대사제보다는 하수로 여겨졌었다.

문제는 지금 이 자리엔 자신보다 고수라 할 수 있는 마영혈권이 존재하고 있다는 것이었다.

‘제길!’

지강수는 다시 한 번 마음속으로 욕을 내뱉었다.

갑자기 나타난 마영혈권의 존재는 전황을 삽시간에 뒤바꾸고 있었던 것이다.

다행히 아직까지는 자신과 마영혈권의 싸움을 구경 중인 탈혼마검과 홍아였지만, 그들의 관심이 일행들에게로 돌아가는 건 시간문제였기 때문이다.

만약 그들이 일행들에게 시선을 돌린다면, 절대십마 셋을 상대로 일행들이 살아남을 확률은 전혀 없다고 봐야 했다.

“절대사제나 되는 자가 바닥을 뒹굴다니. 오래 살다 보니 별꼴을 다 보겠군, 하하하.”

장충은 이죽거리는 말투로 지강수를 자극했다.

그러나 지강수는 장충의 놀림에도 화를 낼 겨를이 없었다. 어떻게든 이 상황을 타개해야만 한다는 생각에 온 신경이 곤두서 있었던 까닭이다.

지강수가 장충을 향해 말했다.

“나야말로 오래 살다 보니 별꼴을 다 보오. 절대십마가 넷이나 몰려다닐 줄은 생각도 못했으니 말이오.”

짐짓 여유로운 목소리로 말했지만, 장충은 그의 목소리가 떨리고 있다는 사실을 어렵지 않게 느낄 수 있었다.

이에 그가 다시 지강수를 향해 이죽거리며 물었다.

"시간을 끄는 걸 보니 일행들이 걱정되는가 보구만?"

"……."

지강수는 그 질문에 대답할 수가 없었다.

정곡을 찔려서 그런 걸까, 그의 이마 위로 서서히 내 천 자가 그려지고 있었다.

그러나 장충은 계속해서 자신의 말을 이어갈 뿐이다.

"그래도 이 몸과 붙을 때는 이 몸에게 집중해야 하지 않겠나?"

"크음."

장충의 말에 지강수는 낮은 침음을 삼켰다. 그의 말에서 알 수 없는 위화감이 느껴지고 있었기 때문이다.

그리고 이내 그가 품었던 불안은 현실로 나타나기 시작했다.

"집중을 못한다면 집중할 수밖에 없는 상황을 만들어줄 필요가 있겠지."

말을 내뱉으며 탈혼마검과 홍아를 향해 눈짓을 보내는 장충이다.

"헉!"

그 모습에 지강수가 저도 모르게 마른침을 삼켰다.

그는 떨리는 눈빛으로 탈혼마검과 홍아를 바라보았다.

스산한 미소를 짓고 있는 그들의 표정이 지강수의 시야에 자리 잡았다.

그러나 그것은 아주 잠깐일 뿐이었다.

이내, 그들의 신형이 일행들 쪽으로 몸을 돌리기 시작한 것이다.

'망할…….'

그 모습에 지강수는 반사적으로 또다시 욕지거리를 내뱉었다.

그러나 이런 지강수는 전혀 개의치 않는 듯, 그의 앞에 선 장충은 여전히 이죽거리는 말투로 지강수를 자극했다.

"자, 이제 집중 좀 하시겠는가?"

"……."

그리고 이를 바라보는 지강수의 눈빛에는 조금씩 절망이란 그림자가 자리 잡기 시작하고 있었다.

*　　　*　　　*

쉬이익.

바람을 가르며 날카로운 검기가 빠르게 날아들었다.

탈혼검(奪魂劍) 탈혼참월(奪魂斬月).

"크억!"

비명을 지르며 유진명의 신형이 튕겨져 나갔다.

청아와 공방을 주고받기도 버거운 찰나에, 날아오는 탈혼마검의 검기마저 막아내기란 요원한 일이었던 것이다.

"대장!"

놀란 성태강의 외침.

이내 그의 신형이 다급하게 유진명에게로 다가갔다.

"큭, 쿨럭!"

힘겹게 다시 몸을 일으키던 유진명의 입에서 검붉은 피가 토해져 나왔다.

"대장!"

이에 성태강의 목소리는 더욱더 커질 수밖에 없었다.

타닷.

잠시 후, 뒤따라 허겁지겁 다가온 현양진인이 빠르게 유진명의 맥을 잡았다.

'무량수불, 맥박이 거칠다. 무리해서 내력을 끌어 올렸기 때문이겠지……'

그나마 다행인 점은 생명에 지장을 줄 만큼 큰 상처는 입지 않았다는 것이다.

"걱정 말게, 유 소협은 괜찮다네."

유진명의 상태를 재빨리 파악한 현양진인이 성태강을 바

라보며 말했다.

"정말입니까?"

성태강이 재차 확인하듯 물었다.

"그렇다네."

대답을 하며 현양진인은 고개를 주억거렸다. 그러나 그의 눈빛은 왠지 모르게 침울해 보였다.

물론 유진명은 상처는 생명에 지장을 줄 만큼 크지 않다지만, 기맥이 상당히 불안정했던 것이다. 그리고 이리도 불안정한 상태로 더 이상 무공을 사용하는 건 자살 행위라 할 수 있었다.

'후우, 무량수불……'

한숨과 더불어 현양진인은 속으로 도호를 연신 읊조렸다.

한 명이라도 아쉬운 이 판국에 유진명의 부재는 전력에 상당한 영향을 초래할 것이기 때문이다.

탈혼마검과 청홍쌍동.

그들을 막아내기에 자신과 왕삼개, 성태강의 힘은 너무나도 미약한 것이었다.

그때, 현양진인의 귀로 다급한 왕삼개의 목소리가 울려 퍼지기 시작했다.

"진인, 피하십시오."

쉬익.

그와 동시에 날카로운 검기의 소리가 귓가를 스친다.

"협!"

위험을 깨달은 현양진인과 성태강이 허겁지겁 몸을 날렸다.

콰앙!

다행히 목표를 잃은 검기는 뒤에 있던 바위를 처참하게 깨부수었다.

"휴우……."

현양진인과 성태강이 무사히 검기를 피하는 것을 확인하고서야 왕삼개는 안도의 한숨을 내쉴 수 있었다.

그러나 그것은 너무 이른 것이었다.

"또 만났네, 거지?"

등 뒤에서 울려 퍼지는 목소리.

오싹.

그 목소리에 왕삼개는 온몸의 솜털이 곤두서는 듯한 착각을 느껴야만 했다.

그는 천천히 몸을 돌려 목소리의 주인공을 바라봤다.

"으음……."

왕삼개는 옅은 신음을 흘렸다.

붉은 옷을 입은 아이, 홍아가 스산한 미소를 가득 머금은 채로 자신을 노려보고 있었기 때문이다.

얼마나 시간이 흘렀을까. 아주 찰나의 시간일 뿐이었지만, 홍아와 눈을 마주친 왕삼개는 그 순간이 마치 억겁과도 같이 느껴진다 생각했다.

잠시 후, 홍아의 입이 천천히 열리기 시작했다.

"뭐해? 안 반가워? 나는 무지 반가운데. 혹시 내가 얼마나 반가운지 알 것 같아?"

그는 미소를 지으며 잠시 뒷말을 흐렸다.

'반갑기는 개뿔이다……'

그리고 욕이 턱밑까지 차오르고 있었지만 그저 속으로 그 말을 되뇔 수밖에 없는 왕삼개였다.

그러는 사이, 홍아의 말이 계속해서 이어졌다.

"반가워. 정말이지 죽이고 싶을 정로로 말이야, 킥킥."

왕삼개를 바라보는 홍아의 눈빛이 핏빛으로 물들기 시작했다.

*　　*　　*

가끔 어이없는 상황이 갑자기 발생하면 말문을 잊는 경우가 있다.

"……"

지금 왕삼개가 딱 그러한 경우였다.

"……."

물론 홍아라고 해서 예외는 아니다.

이렇게 두 사람을, 아니 장내에 있는 모두의 말문을 막히게 만든 건 다름 아닌 한마디 때문이었다.

"나도 반가워."

언제 나타난 것일까, 아니 어디서 나타났던 것일까.

도무지 종잡을 수 없는 사내가 내뱉은 한마디가 가져온 파장은 어마어마한 것이었다.

모습을 드러낸 사내.

그는 어떤 이들에게는 한 줄기 희망이었고, 어떤 이들에게는 충격이라 할 수 있었다.

잠시 후, 정신을 수습한 왕삼개가 제일 먼저 말을 내뱉었다.

"진 소협!"

그렇다, 사내의 정체는 다른 누구도 아닌 진백운이었다.

"그동안 잘 지내셨소, 풍개?"

여유로운 미소를 띤 채, 진백운이 왕삼개를 반겼다.

"허허. 무량수불, 무량수불……."

그리고 진백운의 모습을 발견한 현양진인은 그저 연속해

서 도호를 내뱉을 뿐이었다.

그런 그에게도 진백운은 인사를 건넸다.

"진인도 계셨군요."

마음이 푸근해지는 미소다.

그 미소를 통해서 현양진인과 왕삼개는 진백운이 과거와는 다른 무언가가 바뀌었단 사실을 깨달을 수 있었다.

진백운의 태도는 한층 여유로웠으며, 마치 다른 세계에 있는 것처럼 태연했던 까닭이다.

으득!

그러나 정파 쪽 인사들이 진백운을 반기는 한편, 조용히 이를 가는 인물들도 있었다.

"진백운……."

진백운을 죽일 듯이 노려보는 홍아가 딱 그러한 경우였다.

'상황이 좋지 않군…….'

그리고 그 옆에서 탈혼마검이 진백운을 복잡한 시선으로 바라보는 중이었다.

본래 진백운을 찾기 위해 화산을 오른 그들이었지만, 그를 찾은 시기가 딱히 마음에 들지 않았던 까닭이다.

웬만하면 진백운이 혈혈단신일 때 그를 만나고 싶었던 게 솔직한 탈혼마검의 심정이었다.

'하필이면 이때 나타나다니…….'

쓸쓸하긴 했지만 기왕 이렇게 된 것, 되돌릴 수는 없는 일이었다.

이럴 경우를 대비해서 마영혈권을 데려온 것이 아닌가.

"혈권, 서두르시오. 이자가 천살이외다."

탈혼마검의 외침이 장내를 흔들었다.

'저놈이 천살?!'

그 소리에 지강수를 몰아붙이던 장충이 슬쩍 진백운에게로 시선을 던졌다.

과연 천살은 소문대로 풋내기 같은 외모를 소유하고 있었다. 고작해야 약관이나 됐을까 싶은 외모. 저 나이에 천마성을 괴롭힐 수 있다는 사실이 그저 경이로울 뿐이다.

화르륵.

그렇게 그가 잠깐 한눈을 파는 사이, 뜨거운 열기가 가까이에서 느껴지기 시작했다.

살펴보니, 어느새 다가온 지강수의 도가 목을 노리며 덮쳐 들고 있었다.

"흥!"

그러나 장충은 이런 지강수의 위협에도 불구하고 한 차례 콧방귀를 뀌었다.

가소롭다.

은밀하게 기습을 노릴 생각이었다면 염화를 내뿜지 말고 다가왔어야 했다.

카아앙.

이내 염화도제의 도와 장충의 권이 충돌하며 요란한 소리를 만들었다.

그리고 마영혈권 장충은 지강수와의 간격을 더욱 좁혀 나가며 말을 걸었다.

"이거 미안해서 어쩌나, 도제. 더 흥미로운 사냥감이 나타났으니 유흥은 여기서 접어야겠네, 하하하."

"?!"

이에 별안간 지강수의 두 눈이 커졌다.

구오오오오.

다른 이유 때문이 아니라, 말을 다 내뱉은 장충의 주먹으로 어마어마한 기운이 몰려들고 있었기 때문이다.

그리고 장충의 주먹을 피하기에는 이미 두 사람의 간격은 너무나도 가까운 것이었다.

"협!"

다급한 신음이 저절로 입에서 튀어나온다.

"그동안 수고했네."

스산한 미소를 잔뜩 지은 장충이 마지막으로 지강수를 향해 작별의 인사를 건넸다.

그리고 그 순간.

마영혈권(魔影血拳) 제일식 혈광분쇄식(血光粉碎式).

콰아앙!
엄청난 파괴력, 그리고 지축을 울리는 파공음.
상식을 벗어난 마영혈권의 엄청난 무위에 장내 모든 이들
의 얼굴이 복잡하게 구겨지기 시작했다.

*   *   *

자욱한 흙먼지는 쉽사리 사라지지 않았다.
이에 모두가 있는 힘껏 안력을 돋우며 상황을 판단하기 위
해 노력했다.
"무량수불."
"무량수불."
현양진인의 도호를 따라 읊으며 무진은 간절한 마음으로
염화도제의 안위를 빌었다.
그 기도가 하늘에 닿았음일까, 이내 현양진인과 무진 등 무
림맹 인사들의 얼굴 위로 미소가 번져 나가기 시작했다.
그러나 이와는 반대로 절대십마들의 얼굴은 사정없이 구

겨지는 중이었다.

그중 특히나 마영혈권 장충의 얼굴이 가장 심하게 구겨진 상태였다.

"……."

한껏 얼굴을 구긴 그는 무서운 안광을 내뿜은 채, 한곳을 뚫어지게 응시했다.

그의 시선이 머무른 곳, 그곳에는 두 명의 인물이 나란히 선 채로 장충의 눈빛을 받아들이고 있었다.

진백운과 지강수가 바로 그 주인공이었다.

"잽싸군."

진백운을 향해 던지는 장충의 목소리는 무미건조하게 말라 있었다.

그러나 그 목소리에 깃든 살기는 쉽게 볼 만한 수준이 아니었다.

문제는 장충의 살기가 향하는 대상이 바로 진백운이라는 데에 있었다.

"원래 좀 빠른 편이라오."

진백운은 태연한 목소리로 장충의 말을 받았다.

이 세상에 진백운만큼 살기에 익숙한 자가 또 있을까, 장충이 흘려보내는 살기에 겁먹을 진백운이 아니었던 것이다.

"건방진 놈이로군."

이에 장충은 진백운에 대한 짧은 감상평을 내뱉었다.

그리고 역시나 한마디도 지지 않고 받아치는 진백운이다.

"내 태도는 상대에 따라 다르오만?"

"하하하하."

결국 장충은 그 말에 터져 나오는 웃음을 참을 수 없었다.

왜 적우군사가 치를 떠는지, 탈혼마검과 청홍쌍동이 진백운을 언급할 때 표정이 그렇게나 안 좋았는지 지금 이 순간 십분 이해할 수 있었던 까닭이다.

잠시 후 터뜨렸던 웃음을 멈춘 장충이 매서운 눈빛으로 진백운을 향해 말을 걸었다.

"그 입만큼이나 실력도 충분할지 궁금하구만."

"훗."

그 말에 진백운의 입꼬리가 살짝 올라갔다.

"실력이라……."

잠시 말을 흐린 진백운이 장충의 두 눈을 바라봤다.

이내, 그의 뒷말이 계속해서 이어졌다.

"그 역시 상대에 따라 다른 법 아니겠소?"

第四章
일보전진(一步前進)

“하하……”

마영혈권 장충은 처음에는 어이없다는 표정으로 진백운을
바라보며 간헐적인 웃음을 흘려보냈다.

“하하하, 크하하하.”

그러나 드문드문 이어지던 그의 웃음소리는 얼마 지나지
않아 마치 웃겨 죽겠다는 듯이 장내를 뒤덮기 시작했다.

“……”

진백운은 잠깐 동안 그런 장충의 모습을 아무 말 없이 지켜
봤다.

얼마나 시간이 흘렀을까.

계속해서 이어질 것만 같았던 마영혈권의 웃음이 별안간 뚝 끊기며 사라졌고, 그 자리로 잠깐의 정적이 찾아왔다.

"정말이지, 어이가 없어서 말도 안 나오는군."

장충은 진백운을 향해 낮은 목소리로 말했다.

하지만 이번만큼은 그런 장충의 이죽거림에도 불구하고 아무런 대응을 하지 않는 진백운이다.

"훗."

마치 대답할 필요도 없다는 듯 그저 가벼운 미소만을 머금을 뿐이었다.

빠득.

'감히, 나를 비웃어?!'

하지만 진백운의 이러한 태도가 오히려 장충의 화를 돋우는 역할을 했다.

결국 화가 치밀 대로 치민 장충이 먼저 움직였다.

파앗.

호쾌한 움직임으로 순식간에 진백운과의 거리를 좁히는 마영혈권.

그의 주먹이 어지럽게 움직이며 진백운을 덮쳐 들어가기 시작했다.

파앙, 파앙.

강렬한 기세를 한껏 머금은 장충의 주먹이다.

그의 주먹이 움직일 때마다 소맷자락을 통해 울려 퍼지는 파공음이 주변을 장악해 나갔다.

그러나 진백운은 침착하게 마영혈권의 주먹을 피해나갔다. 일견 보기에는 아슬아슬하게 피하는 듯 보였지만, 이는 진백운이 얼마나 성장했는가를 보여주는 대목이기도 했다.

치밀하고 날카로운 안력으로 마영혈권의 주먹을 미리 예측하지 않는 이상, 이런 광경을 연출하기는 어려운 법이었기 때문이다.

얼마 지나지 않아, 장충도 이러한 사실을 깨달을 수 있게 되었고, 그것은 마치 불난 집에 부채질하는 꼴과 같았다.

"감히, 나를 무시하다니!"

핏빛 혈광을 내뿜으며 장충은 신경질적으로 소리쳤다.

고오오오.

그리고 그 순간, 매우 빠르게 그의 주먹으로 엄청난 기운들이 모여들기 시작했다.

주먹 주위로 휘몰아치는 용권풍, 아슬아슬한 동작으로 요리조리 자신의 공격을 피해가는 진백운을 향한 그의 분노가 고스란히 담긴 일격이라 할 수 있었다.

마영혈권(魔影血拳) 제일식 혈광분쇄식(血光粉碎式).

핏빛을 머금은 주먹이 마치 이 세상의 모든 존재를 지울 듯한 기세로 진백운을 향해 쏟아졌다.

과연 순간적인 기세로만 본다면 광마도의 마도진천에 비견될 만큼 강한 공격이었다.

하지만, 비견될 수 있을지언정 능가할 수는 없는 법. 광마도와 마영혈권 두 사람을 모두 상대해 본 진백운은 두 사람 사이에 존재하는 엄청난 차이가 무엇인지 알 수 있을 것만 같았다.

'실속의 차이랄까……?

순간적으로 진백운은 머릿속에 광마도를 떠올렸다. 그가 그토록 강한 이유, 그 순수한 무위의 출처를 마영혈권을 통해서 확실하게 깨닫는 진백운이다.

겪어본 결과, 광마도의 무공은 순수 그 자체라 할 수 있었다. 무공을 사용함에 있어 잡다한 기교나 속임수가 없다. 오로지 자신의 무공을 믿고 상대를 베는 데에만 집중한 무공. 그렇기 때문에 광마도는 강하다.

자신의 모든 걸 도 한 자루에 담은 그의 공격이 약하다는 건 애초부터 어불성설이었던 것이다.

그에 반해 지금 자신을 향해 다가오는 마영혈권의 주먹은 요란한 편이다.

상대에게 많은 피해를 주기 위해 쓸데없이 힘을 분산하고 있었기 때문이다.

주먹 주위로 모여든 용권풍, 일견 보기에는 대단한 듯 보이고 순간적으로 느껴지는 기세도 대단하지만, 정작 실속은 없어 보인다.

모든 태풍에는 핵이 있는 법. 분산된 힘이 집중된 힘을 이길 리 만무하다.

그리고 진백운에게는 마영혈권을 주먹을 뚫을 만큼의 강대한 힘, 집중된 극강의 초식이 있었다.

"흐읍!"

짧게 숨을 들이마신 진백운이 장충의 마영혈권, 혈광분쇄식(血光粉碎式)을 맞이하여 좌에서 우로 기다랗게 검을 가로긋기 시작했다.

천살수라검(天殺修羅劍) 제이식 수라파천(修羅破天).

만약 이전이었다면, 이 초식을 씀에 있어 많이 망설였던 진백운일 것이다.

수라파천이 잡아먹는 내공이 너무나도 막대했기 때문이다.

아무리 어렸을 때 백리세가의 도움으로 대환단을 복용한

진백운이라 할지라도 심사숙고의 결정을 내리고서야 사용하던 초식. 그랬던 초식이 바로 수라파천이란 초식이었다.

하지만 최근의 진백운은 자신의 무공에 대해 많은 것들을 깨닫고 운용에 있어서도 매우 능숙해졌다. 거기에 더불어 내면 세계를 통한 깨달음은 천살기공을 완벽하게 자신의 것으로 만드는 데 도움을 주었다.

천살기공은 천살문 무공에 핵심이라 할 수 있는 기공, 이를 완벽히 체득한 진백운에게 수라파천은 더 이상 엄청난 내공을 소모하는 초식이 아니었던 것이다.

콰아앙.

이내 마영혈권의 주먹과 진백운의 검이 충돌하여 섞이며 엄청난 소리를 만들었다.

그 광경이 놀라워서인 것일까.

"……"

장내에 자리한 모두는 그 모습에 할 말을 잃고 두 눈을 끔뻑거릴 수밖에 없었다.

*   *   *

놀라움은 거기서 끝이 아니었다.

얼마나 시간이 흘렀을까.

“…….”

모두가 입을 벌린 채 아무 말 없이 진백운과 마영혈권이 있던 방향으로 시선을 가져갔다.

자욱하게 흩날리던 흙먼지가 사라지고 일대는 마치 주변에 벽력탄(霹靂彈)이 수십 발 이상 터진 듯, 폐허로 변한 상태였다.

‘이, 이런 말도 안 되는……!’

특히나 탈혼마검의 눈빛이 경악으로 물들었다.

과거에 만났던 진백운은 결코 이 정도 수준이 아님을 알고 있었기 때문이다.

그리고 그 이후, 지금까지 그리 오랜 세월이 흐른 것도 아니다. 불과 몇 달에 걸치는 시간, 그 시간 안에 이토록 강해진다는 건 그의 생각으론 도무지 이해할 수 없는 일이었다.

더 놀라운 건 지금 드러난 상황이다.

흙먼지가 모두 걷히고 모습을 드러낸 진백운과 마영혈권은 그 행색이 천지 차이라 할 수 있었다.

자욱했던 흙먼지에도 불구하고 여전히 깔끔한 행색을 유지하고 있는 진백운과, 이와는 상반되게도 마영혈권의 의복은 마치 넝마가 된 듯 너덜거리고 있었고 그 사이사이로 상처 난 부위에서 새빨간 피가 새어 나오고 있는 중이었다.

"크읏!"

장충의 입에서 옅은 신음이 흘러 나왔다.

아마 무림에 존재하는 모든 이들은 지금 광경을 두 눈으로 보고서도 믿을 수 없으리라.

마영혈권, 그가 누구인가. 절대십마 중에서도 상층 의자에 앉아 있는 자다. 정마대전에서 그가 내뻗는 주먹 앞에 얼마나 많은 정파인들이 무릎을 꿇었으며, 목숨을 잃었는가.

같은 마인조차 두려워하는 마영혈권, 그런 그가 새파란 젊은 살수에게 자신의 두 무릎을 꿇었다는 사실은 그 누구도 믿을 수 없는 사실일 것이다.

그것이 비록 천살이라 할지라도 말이다.

그러나 아무리 믿을 수 없다 할지라도 결과가 눈앞에 펼쳐진 이상, 믿어야만 하는 일이다.

마영혈권은 진백운에게 완벽하게 패한 것이다.

"어, 어떻게……."

떨리는 목소리로 장충이 중얼거렸다.

말을 내뱉는 그의 두 눈은 도저히 믿을 수 없다는 듯 세차게 흔들리고 있는 중이었다.

그리고 그런 그를 향해 진백운이 가까이 다가갔다.

"처음부터 최선을 다했어야 했소."

덤덤한 목소리로 승패를 확정짓는 진백운이다.

"……."

장충은 공허한 시선으로 진백운을 올려봤다.

진백운이 계속해서 말을 이어 나갔다.

"아무리 당신이 강하다고 한들 상대를 얕보는 마음을 가진 채로 승리를 장담한다는 건 이기적인 생각, 당신이 나를 얕본 순간 이미 승패는 결정이 났었소."

"크윽."

그 말에 장충은 짧은 신음 소리를 쓰게 내뱉었다.

진백운이 말한 것처럼 호랑이는 토끼를 잡을 때도 최선을 다하는 법이다. 그런데 무인들끼리의 승부에서 상대를 얕잡아본다는 건 말도 안 되는 얘기. 절대적인 강함이 없는 곳, 그곳이 바로 무림이기 때문이다.

"죽여라."

이미 승패는 결정이 난 상황, 마영혈권 장충은 모든 걸 내려놓은 표정으로 진백운을 향해 말했다.

"싫소."

그러나 돌아오는 진백운의 대답은 부정적이다.

"?!"

그 말에 장충의 표정이 미묘하게 변했다. 하지만, 이내 매서운 눈빛을 보이며 얼굴을 붉혔다.

"수치를 주려는 것이냐?"

깊은 분노가 느껴지는 목소리이다.

그의 이런 반응은 일견 당연한 것이었다. 진백운이 자신에게 동정심을 베풀고 있다고 생각했기 때문이다.

후회가 있든 없든 이미 결정 난 승패, 그 부분에 관해서라면 더 이상 왈가왈부할 필요가 없었다. 그러나 이미 승부가 난 이상, 무인으로서 깔끔한 죽음을 맞이하고 싶다는 게 장충의 마음이었다.

그리고 지금, 진백운이 하고 있는 행동은 한평생 무인으로 살았던 자신에게 모욕감을 주는 것이었다.

"……."

진백운은 그런 장충을 가만히 바라봤다.

과거였다면 이런 장충의 마음을 이해하지 못했을 진백운이지만, 그동안 무림에서 많을 일들을 겪어왔던 탓에 그가 지금 어떤 기분을 느끼고 있을지 충분히 알 수 있었다.

그렇다고 그에게 무인으로서 당당하게 죽을 수 있는 기회를 주고 싶지는 않았다.

마영혈권에 관한 청부는 들어오지 않았다. 고로 천살문의 두 번째 원칙에 의하여 자신에겐 그의 죽음을 결정할 수 있는 권리가 없었던 것이다.

그리고 다른 이유도 있었다.

천마성의 마인들. 그들에게 무인다운 죽음은 사치일 뿐이다. 그들은 그들의 죗값을 마땅히 받아야 했고, 그 죗값을 결정하는 이는 자신이 아닌 그들로 인해 피해를 입은 수많은 사람이었다.

'나는 내가 옳다고 여기는 것을 믿을 뿐이다.'

짧은 시간 동안 진백운은 마영혈권에 대한 처분을 두고 잠시 생각을 해보았다.

물론 무엇이 답인지는 아무도 모른다. 그저 자신이 믿는 바를 끝까지 밀고 나갈 뿐이었다.

이내 진백운은 장충을 향해 말을 건넸다.

"수치를 주고 싶은 생각은 없소, 다만, 그대를 죽일 권한이 나에게 없고, 내 손에 굳이 그대의 피를 묻히고 싶은 생각도 없을 뿐이오."

"크윽!"

단호한 진백운의 말에 장충의 인상이 절로 찌푸려지기 시작했다.

그러거나 말거나 진백운은 계속해서 말을 이어 나갔다.

"허나, 악인을 앞에 두고 모른 척 지나갈 수는 없는 법. 그렇기에 이것이 내가 생각하고 내린 최선의 결정이라오."

쉭, 쉭, 쉭.

말을 마치며 진백운은 빠르게 장충을 향해 자신의 검을 긋기 시작했다.

“크아악!”

검이 그어 내려질 때마다, 장충의 비명 소리가 장내를 울리기 시작했다.

＊　　＊　　＊

‘제길……’

탈혼마검 염안탁의 이마 위로 굵은 땀방울이 흘러내렸다. 진백운의 강함에 잠시 넋을 잃었지만, 이내 궁지에 몰렸다는 생각에 머릿속이 복잡해졌던 것이다.

‘절대 이길 수 없다……’

그는 빠르게 계산을 굴려 보았다.

마영혈권이 당한 지금, 청홍쌍동과 자신의 힘만으로는 이 상황을 벗어나기가 힘들었다.

진백운은 고사하더라도 이 자리엔 염화도제 지강수를 비롯해 승천칠성이 세 명이나 있는 상황. 수적으로 보나 전황으로 보나 모든 점에서 자신들이 불리했다.

‘도망쳐야 한다.’

그는 눈빛을 빛내며 빠져나갈 구멍을 찾아보기 위해 주변을 훑기 시작했다.

‘제길……’

그러나 이내, 탈혼마검은 속으로 욕지거리를 내뱉을 수밖
에 없었다.

하필이면 진백운과 눈이 마주쳤기 때문이다.

하여 그는 순간적으로 의문에 휩싸였다.

그 의문은 다른 게 아니었다. 과연 천살인 진백운의 손아귀
를 벗어날 수 있을까 하는 의문에 휩싸인 것이다.

진백운의 신법을 이미 겪어본 탈혼마검이다. 물론 세상에
서 가장 빠르다고 하기에는 무리가 있지만, 어찌됐든 이 자리
에선 가장 빠른 신법을 소유하고 있는 진백운이었다.

'차라리 깔끔하게 죽을 수 있다면 이 자리에서 죽음을 맞
이하겠건만…….'

탈혼마검은 좀 전의 기억을 떠올리며 속으로 쓴웃음을 지
었다.

진백운은 마영혈권에게 무인으로서 느낄 수 있는 가장 강
한 지옥을 선사했다.

한평생 익혀온 무공을 앗아간 것이다. 단전을 파훼했으며,
사지근맥을 잘라내 더 이상 무공을 쓸 수 없는 몸으로 만들어
버린 것이다.

그리고 이는 무인에게 있어선 가장 큰 수치이자 모욕이라
할 수 있었다.

당장 무공을 쓰지 못한다는 상실감과 공허함은 둘째 치더

라도 적에게마저 떳떳한 죽음을 맞이하지 못한다는 건 그동
안 살아왔던 모든 삶을 송두리째 부정당한 것이기 때문이다.

'그럴 순 없다……'

결국 탈혼마검은 마음속의 결정을 내렸다.

비록 진백운의 손아귀에서 도망칠 수 없다고 하더라도 이
곳에서 멍청하게 수치심을 기다릴 필요는 없다고 생각한 것
이다.

그는 빠르게 청홍쌍동을 향해 전음을 날렸다.

—각자 흩어져서 도망치세나, 이게 최선의 방법이네.

전음을 날리고 바라보니 청아와 홍아, 두 사람 모두 미미하
게 고개를 끄덕인다.

마영혈권의 결말을 목격한 그들로서도 이 방법이 최선이
라 생각했기 때문이다.

—그럼 건투를 비네.

탈혼마검이 단정적으로 전음을 마쳤다.

결정이 내려진 이상 실행에 옮기는 일만이 남았고, 그 시작
은 빠를수록 좋아 보였던 까닭이다.

이에 탈혼마검 그가 먼저 움직이기 시작했다.

타앗!

비호처럼 몸을 나르는 탈혼마검, 지강수와 일행들이 방심
한 틈을 노린 그의 신형이 남쪽 방향으로 빠르게 움직였다.

“엇?!”

왕삼개가 놀라 두 눈을 크게 뜨며 그 모습을 멍하니 지켜보았다.

설마 절대십마가 도주를 감행할 것이라곤 생각도 못했기 때문에 그 놀라움은 더욱 컸다.

“자, 잡아야……”

이내 정신을 차린 그가 말을 더듬거리며 일행들을 향해 외쳤다. 진백운을 통해 다 잡은 승기이다, 그렇기 때문에 이곳에서 최대한 많은 절대십마를 처리하는 게 무림을 위한 일이었다.

그러나 그가, 아니, 일행들이 정신을 차렸을 때는 이미 늦은 감이 있었다.

타앗, 타앗.

청홍쌍동, 청아와 홍아도 각각 방향을 나눠 비호처럼 몸을 날렸기 때문이다.

이미 한발 앞서 동쪽, 서쪽, 남쪽으로 갈라지며 몸을 날린 절대십마들이다. 지금 이렇게 모여 있는 상태라면 자신들이 무조건 우세한 상황이었지만, 절대십마들처럼 찢어졌을 경우, 불리한 건 확실히 이쪽이었다.

그렇게 일행들 모두가 갑자기 벌어진 상황에 고민하는 찰나, 먼저 움직인 인물이 있었다.

스스스.

진백운이다.

그의 몸은 서서히 주변과 동화되기 시작하면서 이내 그 모습을 감추었다.

"……"

천살귀영신법, 그 귀신같은 움직임에 지강수를 비롯한 일행들 모두는 멍한 표정을 지은 채, 가만히 서 있을 뿐이었다.

*   *   *

"크아악!"

탈혼마검 염안탁은 단전이 찢어지는 고통에 결국 비명성을 내지를 수밖에 없었다.

그리고 그를 마지막으로 모든 상황은 마무리된 것처럼 보였다.

진백운이 이 한마디를 하기 전까지는 말이다.

"남은 삶은 부디 선택을 잘하길 바라겠소."

그러고는 이내 등을 돌리는 진백운이다.

이에 지강수가 말도 안 된다는 표정을 지으며 진백운을 향해 말했다.

"그게 무슨 말인가? 이들은 천인공노할 악인들이라네."

비록 무공을 쓸 수 없는 몸이 되었다곤 하지만, 그동안 셀 수 없는 생명을 앗아간 자들이었다. 이대로 이들을 풀어준다는 건 후환을 남기는 짓, 결코 허용할 수 없는 결정인 것이다.

말은 안 했지만, 진백운을 제외한 모두가 이런 지강수의 의견에 묵묵히 고개를 끄덕였다.

"……."

그러나 진백운은 그런 지강수를 아무 말 없이 응시하고 있을 뿐이다.

하여 지강수가 계속해서 말을 이어 나갔다.

"절대 용서할 수 없는 자들이란 말일세."

"그래서 어쩌자는 겁니까?"

진백운이 지강수를 향해 물었다.

이에 지강수는 당연하다는 표정과 말투로 대답했다.

"당연히 무림맹으로 압송해야지. 그래서 그 죄를 천하에 명명백백하게 밝히고 그에 맞는 정당한 처벌을 내려야 하지 않겠나?"

그 말에 일행들 모두가 그의 생각에 동조하는 듯 고개를 주억거리기 시작했다. 그러나 진백운의 생각은 이런 일행들의 생각과는 조금 다른 듯 보였다. 그는 조용히 고개를 가로저으며 다시 한 번 지강수를 향해 물었다.

"어찌 그게 당연합니까?"

“당연하지, 그럼 안 당연할 이유가…….”

지강수의 말은 끝까지 이어지지 못했다. 진백운이 그 중간을 파고들며 말을 끊었기 때문이다.

“당연하지 않습니다.”

“뭐, 뭐라?!”

다소 기가 찼는지 지강수는 진백운에 대한 예의도 잊은 채 노발대발하는 표정으로 고함을 쳤다.

하지만 진백운은 꿋꿋이 자신의 말을 이어 나갈 뿐이다. 그리고 이내 말을 내뱉는 그의 목소리엔 단호한 기백이 깔려 있었다.

“묻겠습니다. 도제는 천마성 무사들을 죽이지 않았습니까?”

“그, 그런 말도 안 되는…….”

진백운의 질문에 더욱 어이가 없어진 지강수의 말문이 막혔다.

어찌 천마성 악인들과 자신을 감히 비교한단 말인가, 말도 안 되는 소리로 여겨질 뿐이었다.

그러거나 말거나 진백운은 계속해서 지강수를 향해 말했다.

“무림이란 어차피 칼과 칼이 부딪히며 서로의 목숨을 노리고 취하는 곳. 제겐 무림맹이 정(正)이 아니듯이, 천마성 또한

마(魔)가 아닙니다. 그리고 이것이 바로 천살문에서 무림의 일에 관여하지 않는 기준입니다.”

“허!”

지강수는 하도 어이가 없어 말도 안 나왔다.

어불성설이다. 어찌 강호의 분란을 일삼고 마도천하를 이룩하려는 천마성 마인들을 정의를 수호하는 무림맹에 갖다 붙인단 말인가.

지강수의 목소리가 바뀌었다.

“그 말이 얼마나 위험한 말인지 알고서 하는가?”

그러면서 기세를 끌어 올리는 그였다. 지금 진백운이 하는 행동은 마인을 감싸주는 행동, 무림맹의 수뇌인 그로서는 도무지 용서할 수 없는 행동이었던 것이다.

“훗.”

순간, 진백운의 입꼬리가 살짝 올라갔다.

역시나 염화도제 그리고 무림맹에겐 이들의 삶과 죽음을 결정할 권리가 없다.

결국 거기서 거기다.

비록 정의를 입에 담고 있다 하지만 자신의 눈에는 처질 대로 처진 사기를 끌어 올리려는 수단으로밖엔 보이지 않았고, 이는 결국 무림맹이나 천마성이나 똑같다는 것을 의미했다.

지금도 그렇다.

자신들과 뜻이 다를 경우엔 힘으로 찍어 누르려 한다. 이런 자들이 어찌 참된 정의를 입에 담는단 말인가. 그것이야말로 말도 안 되는 소리이다.

어차피 서로가 서로에게 칼을 겨누는 판국, 정의가 어디 있고 악행이 어디 있겠는가. 그가 느끼기엔 둘 다 오십보백보일 뿐이다.

순간, 진백운의 눈빛이 가라앉았다.

"나를 적으로 돌리는 것이 더 위험할 것이오."

지강수를 향해 진백운이 차가운 목소리로 말했다.

그것은 일종의 경고였다.

무림맹이든 천마성이든, 설혹 강호 전체라 할지라도 자신의 뜻을 관철시키기로 마음먹은 진백운이다. 가진 힘을 통해 협박하려는 자들에겐 진짜 힘이 무엇인지 보여줄 필요가 있었다.

그 힘은 비단 물리적인 힘만은 아니었다. 올곧은 신념, 흔들리지 않는 마음을 상대에게 관철시키는 것이다.

"……."

그 말에 지강수는 가만히 진백운을 노려봤다.

그리고 두 사람 때문인지 주변의 공기는 갑자기 무겁게 내려앉았고, 그 자리로 깊은 정적이 찾아들기 시작했다.

*   *   *

상황이 묘하게 흘러갔다.

진백운과 지강수의 대치는 일행 모두가 바라는 게 아니었다. 듣기에는 지강수의 말이 옳았지만, 그렇다고 진백운의 말이 틀렸다고 볼 수도 없었기에 더욱 그러했다.

"무량수불……."

가만히 둘 수 없는 문제였기에 현양진인이 두 사람 사이로 나서며 낮은 도호를 읊조렸다.

이내 그는 두 사람을 만류한 뒤, 진백운을 향해 물었다.

"그럼 진 소협은 이들을 어찌하자는 것인가?"

진백운이 대답했다.

"무공을 쓸 수 없는 몸입니다. 남은 삶은 그 스스로가 죗값을 받게 될 테지요. 원수를 만나 죽을 수도 있고, 그 죄를 회개하며 남은 생을 살 수도 있습니다. 즉, 이 모든 건 하늘이 결정하는 것, 무림맹에서 결정할 일은 아니란 거지요."

"그 입 다물어라, 감히!"

진백운의 말에 더 이상 참을 수 없었는지 지강수가 큰 목소리로 호통을 쳤다.

하지만 진백운도 지지 않고 그 말을 맞받아치기 시작했다.

"그럼 묻겠소! 과연 내가 나서지 않았다면 어떻게 됐을 것 같소?!"

어느새 염화도제를 향한 존대는 사라진 진백운이다.

"그, 그런!"

그러나 진백운의 호통에도 불구하고 지강수는 딱히 그 말에 반박할 수가 없었다.

그의 말대로 만약 진백운이 나타나지 않았다면, 지금 생사의 처분을 기다리고 있을 이는 다름 아닌 자신이 될 수도 있었기 때문이다.

지강수가 말을 잇지 못하자 이번엔 진백운은 주위를 한 차례 훑어보며 일행 모두를 향해 말했다.

"권리란 의무를 행한 자만이 말할 수 있는 법, 무림맹의 힘만으로 당신들의 권리를 나에게 행사하려 하지 마시오."

즉, 절대십마를 처리한 건 자신이니 자신이 결정하겠다는 말이었다.

"……."

화가 났지만 지강수는 아무 말도 할 수 없었다. 그저 붉게 달아오른 얼굴만이 지금 그가 얼마나 화가 났는지를 알려줄 뿐이었다.

"무량수불, 저도 동의합니다."

"자, 자네?!"

무진이 진백운의 의견에 동의하자, 지강수의 눈이 놀라 커졌다.

그러나 이는 비단 무진만이 아니었다. 뒤이어 유진명과 성태강, 왕삼개와 현양진인도 진백운의 의견에 동조하고 나섰다.

"크음."

이에 지강수는 침음을 깊게 삼킬 수밖에 없었다. 설마, 일행들 모두가 진백운의 의견에 동조하리라곤 생각도 못했던 까닭이다.

그때, 지강수의 귓가로 왕삼개의 전음이 날아들었다.

―도제, 어차피 힘을 잃은 절대십마들입니다. 더 이상 무림맹에 해가 될 자들이 아니지요. 지금 중요한 건 이들의 처분이 아닌 진 소협의 힘입니다. 이들이 끝이 아니지 않습니까? 천마성에는 절대십마가 아직도 여섯이나 남았고, 그들을 상대하기 위해선 진 소협의 힘이 반드시 필요합니다.

왕삼개는 개방의 후개, 역시나 상황 판단이 남들보다 배나 빨랐다.

"음……."

왕삼개의 일목요연한 설명에 지강수는 자신의 턱을 매만졌다. 그의 말처럼 앞으로의 일을 생각한다면 지금 진백운과 감정 다툼을 하는 건 시간낭비일 뿐인 까닭이다.

그리고 뒤이어 이어지는 왕삼개의 전음은 고민하던 지강
수에게 확신을 주었다.

─또한 지금 천마성은 백리연 소저를 데려간 상황입니다.
백리연 소저와 엮인 일이라면 진 소협은 반드시 움직일 터,
그를 앞장서 진격한다면 무림맹은 이 전쟁에서 승리할 수 있
습니다. 보시지 않으셨습니까? 그의 힘을…….

순식간에 절대십마 네 명을 제압한 천살이다.

그 힘은 의심할 수 없을 만큼 강한 힘이자, 무림맹에 반드
시 필요한 힘이었다.

'마음에 들진 않지만…….'

지강수는 속으로 결정을 내렸다. 아니, 이미 답이 정해진
결론이라 할 수 있었다.

"알겠네. 그렇게 하도록 하지."

짧게 말하고 등을 돌리는 그였다. 그리고 이로써 진백운은
자신의 뜻을 관철할 수 있었다.

"이해해 줘서 고맙소."

진백운은 지강수를 향해 짧게 말했다.

그러나 내뱉는 말과는 달리 고마움을 표시하는 말은 아니
었다. 그저 형식적으로 뱉은 말일 뿐이다.

눈치가 없는 게 아닌 이상 왕삼개와 지강수가 전음으로 대
화를 나눴다는 사실을 모를 수 없었기 때문이다.

그리고 그들이 무슨 생각을 품고 있을지도 어느 정도는 예상이 되었던 것이다.

'나를 가지고 어떤 생각을 하든 상관없다. 나는 내가 가야 할 길을 갈 뿐, 그 길에 방해물이 있다면 뚫고 나가면 될 뿐이다.'

진백운은 더 이상 결심이 흔들리지 않도록 마음을 다잡았다. 어차피 자신을 두고 하는 생각은 그들 뜻대로 이루어지지 않을 것이기 때문이다.

왜냐하면 각자가 가야 할 길은 어차피 서로 다른 길, 그 길을 방해하려고 한다면 스스로가 불행해질 뿐이었다.

"훗."

순간, 진백운의 입가에 가벼운 미소가 떠올랐다.

확실히 과거와 비교했을 때 많이 달라진 자신을 느꼈기 때문이다.

무공을 잃은 절대십마들을 뒤로 두고 진백운은 한 발을 크게 내딛었다.

아무도 결과는 모른다.

그렇기에 그저 걸어갈 뿐이다.

천살, 자신만의 살수도를 위한 진백운의 일보가 한 발 전진하는 순간이었다.

                    *   *   *

　가끔 뜻하지 않은 소식에 순간 느끼는 자신의 감정이 무엇
인지 자각하지 못할 때가 있다.
　지금 화영의 경우가 딱 그러했다.
　“맙소사!”
　서찰을 읽어 내려가던 그녀의 두 눈이 심하게 흔들렸다.
　“무슨 일인데 그리 놀라는 건가?”
　그런 화영의 반응에 옆에 있던 창궁검제 남궁혁이 의문스
런 목소리로 물었다.
　“……있었어요.”
　“응?”
　심하게 떨리는 그녀의 목소리 탓에 앞의 말을 듣지 못한 남
궁혁이 반사적으로 되물었다.
　그러거나 말거나 화영은 뜻밖의 소식에 놀란 가슴을 몇 차
례의 심호흡을 통해 진정시켜 나갔다.
　이내, 어느 정도 괜찮아졌는지 그녀는 평소의 안색을 회복
하며 남궁혁을 향해 다시 말했다.
　“살아 있었어요.”
　하지만 아직까지도 남궁혁이 알아듣기에는 무리가 있었
다. 때문에 남궁혁은 재차 그녀를 향해 질문을 던질 수밖에

없었다.

"누굴 말하나?"

남궁혁의 질문은 당연한 것이었다.

천마성 탓에 워낙 많은 사람들이 죽어나갔기에 누가 죽었다 살아난 것인지 알 수 없는 까닭이다.

그러나 잠시 후, 화영의 말을 들은 그는 왜 서찰을 읽던 그녀가 그렇게 놀란 표정을 지었는지 충분히 이해할 수 있었다.

화영이 남궁혁을 향해 말했다.

"백운이요, 천살이 살아 있었어요!"

"?!"

"그뿐만이 아니에요. 이 보고대로라면 화산에서 마영혈권, 탈혼마검, 청홍쌍동이 그의 손에 무너졌다는 소식이에요!"

"그게 정말인가?!"

순간 놀란 남궁혁이 반사적으로 되물었고, 화영은 기쁜 미소를 지은 채 연신 고개를 끄덕였다.

놀라운 일이었다.

광마도의 손에 죽은 줄 알았던 그가 살아 있다는 사실도 놀라웠지만, 뒤에 소식이 더 충격적이었다.

절대십마는 무림맹의 숙적, 그 강대한 무위는 말할 것도 없다. 그런 그들을 천살이 무너뜨렸다는 소식은 어두운 하늘의 구름이 걷히는 것처럼 기쁜 소식이었던 것이다.

'마영혈권을 무너뜨렸다면…….'

과연 화영의 말대로 진백운의 무위는 정말 무림맹주인 자신을 상회할지도 몰랐다.

더군다나 탈혼마검, 청홍쌍동이라면 몰라도 마영혈권까지 쓰러뜨렸다는 대목에는 놀라움을 감출 수가 없었다.

마영혈권 장충.

쉽게 거론할 수 있는 인물이 아닌 까닭이다.

아무리 제왕검형을 깨달은 자신이라 할지라도 감히 승부를 장담할 수 없는 인물. 그만큼 마영혈권이란 사내는 절대십마 중에서도 강한 축에 속하는 자였던 것이다.

믿을 수 없는 소식에 잠시 동안 화영이 읽었던 서찰을 다시 살펴보던 남궁혁이 무언가 이상한 듯 고개를 갸웃거리며 말을 내뱉었다.

"그런데 의문점이 있다네."

기쁜 건 기쁜 거지만, 짚고 넘어가야 하는 자리에 앉아 있었기에 남궁혁은 화영을 향해 말을 건넸다.

"네? 뭐가요?"

화영이 의문스런 눈빛으로 그를 쳐다봤다.

이에 남궁혁은 하려던 말을 계속 이어 나갔다.

"아무리 단전을 폐쇄했다지만 이자들은 천하의 악인들. 대체 천살은 무슨 생각으로 이들을 방치해 뒀는지……."

탐탁찮은 목소리로 말을 이어가는 남궁혁이다.

한평생 무림맹을 위해 헌신한 그의 입장으로서는 천마성 마인들을 맹으로 압송하지 않은 진백운의 태도가 그리 마음에 들지 않았기 때문이다.

그러나 이런 남궁혁과는 달리 화영은 어렴풋이 그 이유를 알 수 있을 듯했다.

'백운이니까요, 그 성정은 쉽게 바뀌질 않죠.'

알 수 없는 미소를 지으며 화영은 마음속으로 생각했다.

옛날부터 고지식한 면이 있는 진백운이었다. 굳이 지키지 않아도 될 천살문의 원칙을 운운하며 무림에 개입하지 않던 건 예나 지금이나 별반 달라진 바가 없다.

과거부터 진백운을 잘 알고 있는 그녀로선 이런 진백운의 행동을 우유부단하고 비겁한 행동이라고 여겼었고, 때로는 한심하다고 생각도 했었다.

그도 그럴 것이 진백운이 가진 천살의 힘은 고작 민초들의 억울함만 풀어주기에는 아까웠던 것이다.

'그래도 다행이야, 그대로라서……'

그러면서 한편으론 여전히 한결같은 진백운의 태도에 절로 미소가 지어지는 그녀였다.

차라리 지금은 이런 진백운의 우유부단한 면이 그녀에게 유리했기 때문이다. 여전히 한심하고 답답한 만큼 예전처럼 자신의 뜻대로 움직일 진백운이기 때문이다. 그리고 무엇보다 그녀는 진백운이 앞으로도 그러리란 걸 의심하지 않았다.

"본인은 도무지 천살의 저의를 모르겠네만……."

화영이 그렇게 생각을 하는 사이에도 계속해서 남궁혁은 불평을 쏟아내고 있었다.

그 말에 화영은 차분한 목소리로 남궁혁을 달래기 시작했다.

"너무 걱정 마세요, 천살은 본래 무림사(武林事)에 관심이 없어요. 특히 백운이에겐 원칙이 중요하지요. 이전에도 말씀드렸다시피 청부가 없는 살인은 하지 않는 주의거든요."

"흐음… 정사중간이라……."

화영의 말 덕분에 진백운의 행동을 이해할 순 있었지만, 그렇다고 진백운이 옳다는 생각은 들지 않았다.

또한, 정사중간의 인물들은 완전히 믿을 수 없는 법. 하물며 자신과 함께 절대사제로 칭송받던 암룡창제마저 배신한 이 판국에 그 속을 알 수 없는 살수를 신뢰한다는 건 다소 무리가 있었던 것이다.

'그래, 그의 힘은 반드시 필요하다.'

과연 무림맹주답게 빠른 상황 판단을 가져가는 남궁혁이었다.

마영혈권까지 무너뜨린 천살이다. 신뢰할 순 없어도 천살 진백운은 지금 무림맹에 가장 필요한 자, 그의 힘을 이용할 필요가 있었다.

'그래요. 손에 들어온 칼을 휘두르지 않는 건 바보나 할 짓이겠죠.'

지금 남궁혁이 속으로 어떤 생각을 하고 있을지 뻔히 그려졌기에 화영은 빙그레 미소를 지었다.

확실히 진백운은 그녀에게 있어 비장의 패인 모양이다. 어차피 무림맹은 그들의 계산으로 움직일 수 없다. 결국 천살을 움직이기 위해선 자신이 필요할 것이고, 그러면 그럴수록 무림맹은 하오문에 많은 것들을 양보해야만 할 터였다.

머릿속에 맴돌던 생각을 정리한 남궁혁은 다시 화영을 향해 말을 건네기 시작했다.

"그런데……."

화영이 눈빛을 빛내며 남궁혁의 말을 기다렸다.

"광마도는 왜 천살을 죽이지 않은 건지……."

의문스런 목소리로 말하는 그였다.

"……."

하지만 이는 화영 또한 궁금한 점, 그녀의 추측을 넘어서는 일이었다.

물론 남궁혁 또한 굳이 정답을 듣기 위해 내뱉은 말이 아니었다.

“글쎄요……."

이내 화영은 자신도 궁금하단 표정으로 말을 잇기 시작했
다.

“그건 직접 물어봐야겠죠?"

“……."

싱긋 미소를 지으며 말하는 화영이었고, 그 순간 남궁혁은
그녀의 미소라면 웬만한 남자들은 미주알고주알 다 알려줄
것 같다는 생각을 해보았다.

아주 잠시지만 말이다.

*   *   *

마중처.

그 중간에 우뚝 높이 솟아 있는 의자 위에 천마는 가만히
앉아 있을 뿐이었다.

“……."

등을 깊숙이 기대고, 턱을 괸 채로 앉아 있는 천마는 아무
런 말이 없었다.

덜덜덜.

하지만, 그 침묵이 오히려 두렵게 느껴지는 절대십마들이
었다.

아무리 날고 기는 절대십마라 할지라도 천마 앞에서는 그저 뱀 앞의 개구리처럼 몸을 잔뜩 낮출 수밖에 없었던 것이다.

계속해서 은은하게 느껴지는 천마의 기세.

이를 통해 천마가 지금 얼마나 분노했는지 알 수 있는 그들이었다.

얼마나 시간이 흘렀을까.

불현듯, 천마의 입이 열리기 시작하며 기어이 한마디가 튀어나왔다.

"형편없군."

그것은 매우 짧은 말이었다.

오싹.

그러나 좌중에 앉아 있는 모두가 그 한마디에 지옥과 같은 공포를 느껴야만 했다.

방금 전 천마가 내뱉은 말이 자신들의 무능력함을 꾸짖고 있다는 사실을 모를 수가 없었던 까닭이다.

'탈혼마검, 청홍쌍동은 이해할 수 있다. 그런데 하필이면 마영혈권까지 당할 건 뭐란 말인가……'

아직까지도 도무지 믿어지지 않는 상황에 적우군사는 머릿속으로 쉴 없이 스스로 질문을 던지고 답을 찾았다.

그러나 아무리 생각해도 진백운의 갑작스런 성장은 답이

나오지 않았다.

'아니다, 지금은 그보다 발등에 떨어진 불부터 꺼야…….'

진백운보다는 천마의 분노를 진정시키는 게 우선이었다. 진백운에게 당한 마영혈권, 탈혼마검, 청홍쌍동은 이미 자신이 보낸 백면귀들의 칼날에 고혼이 되었지만, 그렇다고 천마의 화가 가라앉는 건 아니었다.

잠시 후, 생각을 정리한 그가 자리에서 일어나 천마를 향해 말을 올리기 시작했다.

"천마께 드릴 말씀이 있습니다."

이에 천마는 가벼운 고갯짓으로 그의 말을 허락했다.

쉽게 오는 기회가 아니었기에 적우군사는 빠르게 말을 이어 나갔다.

"절대십마가 넷이나 당한 만큼 적들의 사기가 올라갈 염려가 있습니다. 이미 성내 모든 마인들이 준비를 마친 바, 이젠 더 이상 정파 놈들에게 시간을 줄 필요가 없다고 생각됩니다. 피는 피로써 씻어야 하는 법, 지금이 바로 저들에게 마도의 힘을 알려줄 기회라 판단되옵니다."

정마대전, 전면전을 시행하자는 의견이었다. 특별히 거창하고 대단한 말은 아니었지만, 천마의 관심을 돌리기 위해선 정마대전만큼 좋은 것도 없었던 것이다.

“큭.”

하지만 천마는 그런 적우군사의 말에 짧은 비웃음을 내뱉었다.

“적우.”

이내 그가 낮은 목소리로 적우군사를 불렀다.

“예.”

“감히 내게 머리를 쓰려 들지 마라.”

오싹.

순간, 적우군사의 전신이 사시나무처럼 떨리기 시작했다.

천마가 계속해서 말을 이었다.

“정마대전은 이미 예정된 일, 내가 저들에게 시간을 준 건 더 큰 유희를 위해서였을 뿐이다. 지금 내 관심은 그게 아니란 걸 누구보다 잘 알 텐데?”

스아아악.

“컥.”

순간, 적우군사의 입에서 짧은 신음이 터져 나왔다.

굽이쳐 흐르는 천마의 기운, 그 기운이 순간적으로 적우군사의 목을 강하게 옥죄었기 때문이다.

그 고통으로 인해 적우군사의 얼굴이 시뻘겋게 달아오르기 시작했다.

하지만 적우군사의 고통과 상관없이 천마는 자신의 말을 계속해서 이어 나갈 뿐이었다.

"우습군, 감히 내 앞에서 너희의 무능력을 회피하려 하다니……."

"크, 크윽, 요, 용서를……."

고통이 강해질수록 적우군사의 입에서 힘겨운 말이 드문드문 이어졌다.

그리고 그 순간이다.

사라락.

거짓말같이 목을 옥죄던 기운이 눈 녹듯이 사라졌다.

천마가 말을 이었다.

"권력 다툼을 하든 뒤에서 힘을 키우든, 아무런 상관이 없다. 모든 건 결과로 말할 뿐이지……. 나는 너희에게 많은 기회를 줬다. 힘을 줬으며 불멸의 강시도 주었지, 천살을 잡을 기회도 주었고. 하지만 이 자리의 어느 누구도 내 기대에 충족하지 못했다. 물론… 유승, 너를 제외하곤 말이지."

그 말에 좌중에 있던 모두가 깜짝 놀란 표정을 지어 보였다.

천마의 기분을 신경 쓰고 있던 탓에 느끼지 못한 것도 있었지만, 유승의 존재를 천마가 말하기 전까지 아무도 몰랐다는 건 놀라운 일이었다.

"광마도, 천마를 뵙습니다."

어느새 천마의 바로 밑으로 다가온 유승이 천마를 향해 인사를 올렸고, 천마는 그 인사를 가벼운 턱짓으로 받았다.

잠시 후, 천마가 유승을 향해 말했다.

"충분한 자격이다. 언제 마를 뛰어넘은 거지?"

"십 년 전이지요."

"그 사내를 본 뒤인가?"

"그렇습니다."

"그래, 그래서 결론은?"

천마의 물음에 유승은 고개를 가로저으며 답했다.

"불가(不可). 마를 넘었다 해도, 그 뿌리 역시 마에 두고 있는 바. 역시 무리로군요, 크크."

"훗."

유승의 대답이 마음에 들었음일까, 기분이 풀렸는지 실로 오랜만에 천마의 입이 호쾌한 선을 그려내었다.

'말도 안 돼.'

한편, 천마와 광마도의 애기를 듣고 있던 혈화마녀 사마란은 자신의 귀를 의심해야만 했다.

마를 뛰어넘는다는 것, 그것은 결국 탈마(脫魔)의 경지를 의미하고 있었기 때문이다.

마인으로서 최고의 경지, 그 경지에 광마도가 올랐다는 사실에 경악을 금치 못하는 그녀였다.

더 놀라운 건 그런 광마도가 순순히 자신의 패배를 인정했다는 사실이다.

그 말은 곧 천마의 강함은 탈마의 경지까지 초월하고 있다는 뜻, 그녀의 상식으로는 도저히 측정할 수 없는 천마의 무위였던 것이다.

사마란이 속으로 이러한 생각을 하고 있는 사이에도 천마의 말은 계속해서 이어지고 있었다.

그는 무덤덤한 목소리로 유승을 향해 재차 질문을 던졌다.

"그나저나 천살은 왜 살려둔 거지?"

이에 유승은 미소를 지으며 그 물음에 답했다.

"가능하기 때문입니다."

"……."

"저와 겨눌 수 있는 유일한 사내가 될 녀석이니까요. 이해하시리라 믿습니다."

"흐음."

유승의 말에 천마는 흥미롭단 표정을 지어 보였다.

광마도가 인정하는 사내. 그만큼 무한한 가능성을 갖고 있을 터, 흥미롭지 않을 수가 없었다. 더군다나 천살, 십 년 전 자신을 찌른 사내의 후예라지 않는가. 확실히 인상적인 놈이었다.

"이해한다."

잠시 생각해 보던 천마는 이내 유승을 향해 짧게 말했다.

탈마의 경지에 오른 유승이지만, 그가 익힌 무공은 결국 마공이다. 그렇기 때문에 마의 근원이라 할 수 있는 자신과는 애초에 정정당당한 대결을 할 수 없는 입장. 이미 무의 정점에 앉아 있는 자신이 그런 유승의 마음을 이해 못할 리가 없었던 것이다.

"감사합니다."

천마의 말에 유승이 고개를 숙여 황송함을 나타냈다.

그리고 잠시 후, 천마는 또 다른 질문을 유승에게로 던졌다.

"잠원마공을 주었다고?"

"그렇습니다."

"절대심마를 꺾었단 말은 결국 잠원마공을 익혔다는 뜻이겠군."

유승이 대답했다.

"아마도… 그렇겠지요."

자신의 손으로 직접 단전을 깨부수었다. 잠원마공은 단전을 회복할 수 있는 유일한 무공, 진백운의 부활은 곧 그가 잠원마공을 익혔음을 의미하고 있었다.

유승의 대답을 들은 천마가 말했다.

"갖고 싶군."

짧은 한마디.

하지만 그 뜻을 모를 바보는 이 자리에 아무도 없었다.

별안간 유승이 한 자루의 검을 꺼내 들며 천마를 향해 말했다.

"마침 귀령검(鬼靈劍)이 주인을 찾지 못하였습니다."

천마가 고개를 끄덕이며 그 말을 받았다.

"좋군."

그것은 진백운을 잠원마혈강시, 귀령검주로 만들고자 싶어 하는 의욕을 내비친 것이라 할 수 있었다.

그 말에 절대십마들 모두가 눈을 빛냈다.

천마의 말을 통해 그들은 마지막 기회가 자신들에게 찾아왔음을 직감할 수 있었던 것이다.

천살, 잠원마공 그리고 귀령검주.

누구든 상관없었다.

진백운을 죽이는 자, 진백운을 귀령검주로 만드는 자, 그를 천마에게 바치는 자, 그자가 바로 천마의 바로 밑에서 마도천하를 이끌어 갈 실질적인 주인이 되기 때문이다.

'호호호, 잡아두길 잘했어.'

그중 사마란이 느끼는 기쁨은 다른 이들의 곱절은 되는 듯 보였다.

그 이유는 다른 게 아니었다.

백리연.

진백운을 낚을 최고의 패가 그녀의 수중에 있었기 때문이
다.

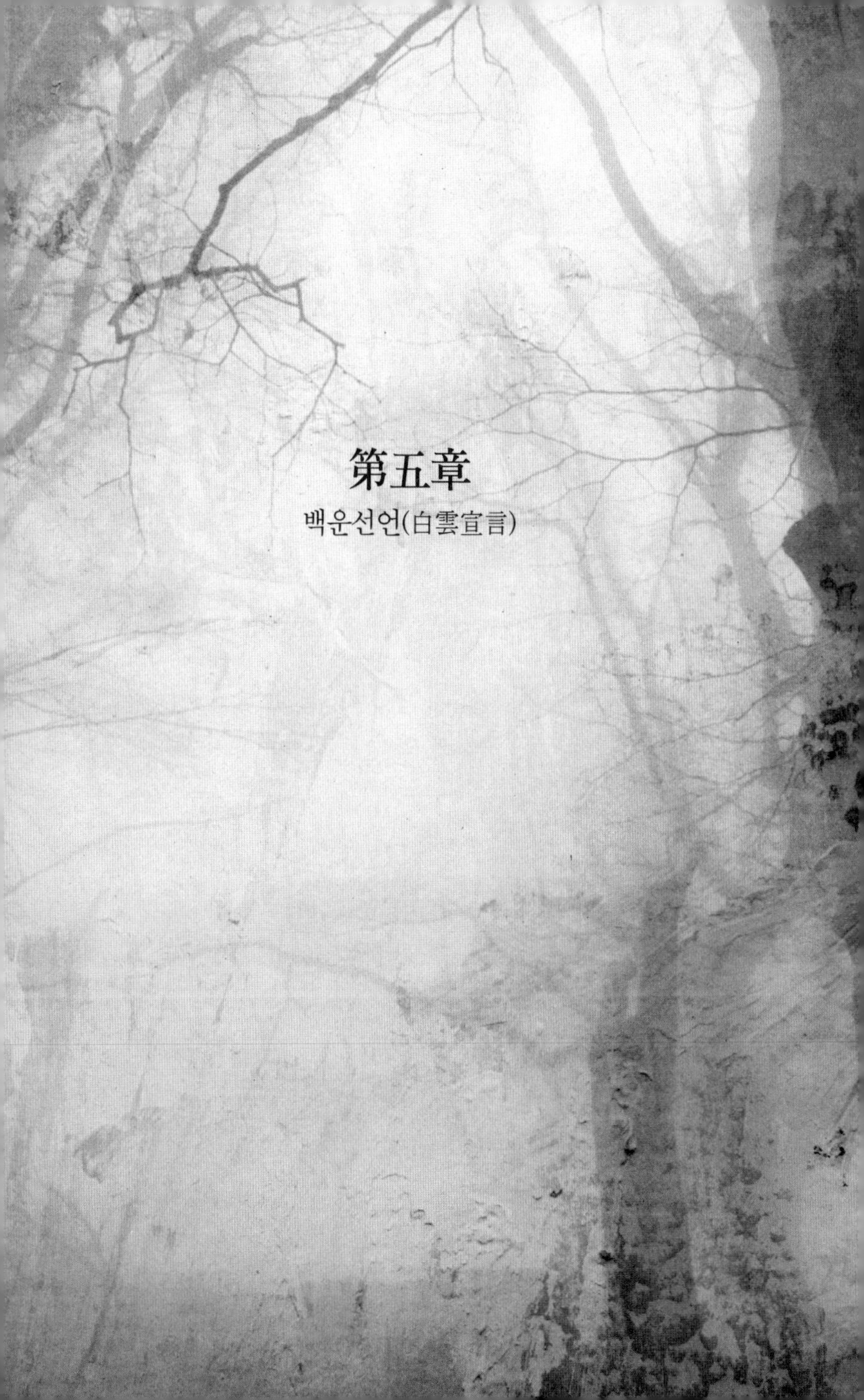

第五章

백운선언(白雲宣言)

암룡창제의 습격 탓에 진백운은 무중각이 아닌 다른 곳에서 화영을 비롯한 일행들과 만날 수 있었다.

물론 그렇다고 마냥 편안한 곳은 아니었다.

그 이유는 무림맹주부터 시작해 염화도제, 그리고 각 파의 수장들도 함께 자리하고 있었기 때문이다.

"크으음."

자리에 어울리지 않는 자들이 있어서일까, 개방의 방주 천개욱이 불편한 기색을 노골적으로 내비쳤다. 그도 그럴 것이 심청과 조문, 송삼표 등은 자신들과 나란히 자리하기에는 무공이나 신분 면에서 너무 어울리지 않았던 까닭이다.

하지만 맹주도 가만히 있는 판국에 대놓고 이를 불평할 수는 없었다.

짝.

산만한 좌중의 분위기를 환기시키기 위해 화영이 박수를 치며 자리한 사람들의 관심을 자신 쪽으로 돌렸다.

그리고 이내 그녀는 좌중을 향해 입을 열기 시작했다.

"기쁜 소식이에요. 탈혼마검, 청홍쌍동, 그리고 마영혈권. 이렇게 넷이나 되는 절대십마를 제압했어요."

"오!"

"그게 정말이오?!"

터져 나오는 감탄사들. 각파의 수장들은 도저히 믿기지 않는다는 눈빛으로 화영을 바라보며 입을 열었다.

염화도제 지강수가 앞으로 나오며 화영의 말을 뒷받침하기 시작했다.

"사실이오, 본인이 직접 확인한 사항이니……."

그 말에 좌중들의 감탄이 연신 이어졌다. 염화도제의 말이라면 믿을 수 있었고 그렇기에 기쁘게 그 사실을 받아들일 수 있었다. 드디어 희망이 보이는 것만 같았다.

"과연 도제가 이끄는 별동대가 효력이 있었구려!"

누군가의 입에서 튀어나온 말이다.

절대십마와 괴인을 노린 별동대, 염화도제와 승천칠성의 힘에 찬사를 보내는 말이었다.

그러나 염화도제는 덤덤히 고개를 가로저으며 그 말을 부정했다.

"안타깝지만, 그들을 제압한 건 우리가 아니었소."

이 자리에 서기 전에 화영, 그리고 남궁혁과 함께 말을 맞춘 지강수였다. 그렇기에 지금 내뱉는 그의 말 또한 이미 짜 놓은 판도대로 행하는 것이라 할 수 있었다.

"그, 그럼 누가?"

"은거기인께서 나타난 것이오?"

잠시 후, 지강수의 말을 들은 좌중은 놀란 표정을 지으며 저마다 의문 섞인 말투로 연신 질문을 이어댔다.

이를 대표해서 천개욱이 지강수를 향해 물었다.

"도제. 도제의 말을 믿지 못하는 것은 아니지만, 작금의 무림에서 절대사제가 아니라면 대체 누가 절대십마를 제압할 수 있단 말이오. 이는 실로 무림의 홍복이오니, 속시원히 말씀해 주시구려."

천개욱의 이러한 질문에 지강수는 넌지시 미소를 지어 보였다.

이미 예상한 대로 상황이 흘러갔기 때문이다.

그리고 이내 그는 미소를 지은 채로 한 방향을 향해 눈짓을 보냈고, 그가 바라보는 방향에는 진백운이 무덤덤한 표정으로 앉아 있는 상태였다.

"설마?!"

그의 이 같은 반응에 자리한 각파의 수장들이 두 눈을 크게 뜬 채로 놀라움을 금치 못했다.

막연하게 은거기인일 것이라는 그들의 예상과는 달리 지강수가 가리키고 있는 방향에는 젊디젊은 무인이 자리하고 있었던 까닭이다.

'설마 반로환동(返路還童)……?'

좌중의 이러한 생각은 일견 당연해 보였다. 절대십마를 제압하려면 절대사제를 넘어서는 고수라는 의미인데, 진백운의 젊은 외모는 반로환동을 제외하곤 말이 안 되었던 것이다.

그러나 잠깐 동안 가만히 진백운을 지켜보던 그들은 이내 한 명씩 고개를 가로저을 수밖에 없었다.

만약 은거기인, 노고수가 반로환동을 통해 어린 모습으로 변했다 할지라도 세월의 힘은 무시할 수 없는 법. 은연중에 풍기는 기도는 그 사람이 살아온 세월을 짐작할 수 있게 한다. 그러나 진백운은 정말 젊다는 인상만 주고 있을 뿐, 딱히 노고수에게서 풍겨 나오는 세월의 여유는 느껴지지 않고 있었던 것이다.

"믿을 수 없구려……."

천개욱은 연신 고개를 가로저으면서 좀 전에 들었던 지강수의 말을 애써 부정했다.

그러나 지강수는 그런 천개욱을 향해, 그리고 좌중을 향해 단언하는 어투로 말을 내뱉었다.

"이해합니다. 본인 또한 두 눈으로 보고도 믿을 수 없었으니……. 하지만 결국 믿을 수밖에 없었소. 그 이유는……."

지강수는 뒷말을 흐렸고, 잠시 후 화영이 그의 말을 이어받으며 좌중을 향해 말하기 시작했다.

"이제부턴 제가 말씀드릴게요. 모두들 믿기 힘드시겠지만 믿으셔야만 해요. 그건 저 자리에 앉아 있는 사내가 바로 천살문 제 칠대 문주이기 때문이에요."

"?!"

그 순간, 장내가 술렁거리기 시작했다.

천살문의 칠대 문주, 그 말은 현 시대 천살을 의미하고 있는 까닭이다.

'됐군.'

남궁혁은 흐뭇한 미소를 지은 채, 돌아가는 상황을 가만히 지켜봤다. 화영이 시기적절하게 말을 해준 덕분에 진백운의 정체를 밝히기가 수월해졌다.

모든 건 그녀의 계산대로 흘러가고 있었다.

정파무림에는 희망이 필요했고, 지금 상황에서 진백운은

그 역할을 가장 충실하게 수행할 수 있는 적임자라 할 수 있었다. 더군다나 진백운의 신분인 천살은 워낙 강호에 신비롭기로 소문난 존재. 살수라는 점이 껄끄럽긴 했지만 천살이 나섰다는 소문은 조만간 확실한 영향력을 발휘할 터였다.

'그녀가 짐을 맡아줬으니, 부담도 없고 말이지…….'

진백운의 정체를 밝힌다는 점이 걸리긴 했지만, 이 부분은 화영이 맡아줬기에 쉽게 넘어갈 수 있었다. 각별한 사이를 유지 중인 하오문과 천살문이다. 설령 이 사건을 계기로 그 사이가 틀어진다 하더라도 그건 두 문파 간의 해결해야 될 일일 뿐, 무림맹과는 상관없는 일이었던 것이다.

머릿속에 생각을 정리한 남궁혁은 이내 슬쩍 눈을 돌려 진백운을 바라봤다.

"……."

그러나 무슨 생각을 하고 있는지, 진백운은 여전히 무덤덤한 눈빛으로 좌중을 바라보고 있을 뿐이었다.

*　　　*　　　*

회의는 긴 시간을 쉬지 않고 이어졌다.

천마성과의 전면전을 앞둔 지금, 병력의 배치를 비롯해서 시기, 고수의 숫자들까지 꼼꼼하게 점검해 나가는 화영과 무림맹의 수뇌부였다.

"……."

진백운과 조문을 비롯한 일행들은 그 모습을 꿀 먹은 벙어리처럼 가만히 바라보고 있었다.

"물론 이 모든 계획은 천살문주께서 광마도를 죽여준다는 계산 하에 이뤄진 거예요, 가능하겠죠?"

모든 계획을 검토한 화영이 마침내 진백운을 바라보며 말을 건넸다.

자리가 자리인 만큼 존대를 써서 진백운의 권위를 높여주는 그녀였다.

"물론, 약속은 지킨다."

진백운이 화영을 향해 말했다.

천살령패를 통한 의뢰이다. 반드시 지켜야 할 의무가 진백운에게 있었고, 진백운도 이 점은 확실히 숙지하고 있는 상태였다.

이에 화영의 입가에 은은한 미소가 맴돌았다.

진백운의 대답을 들은 그녀는 이내 계속해서 회의를 이끌어 가기 시작했다.

"좋아요, 그럼 다음 안건으로……."

그러나 화영의 말은 중간에 끊길 수밖에 없었다.

별안간 진백운이 그녀의 말을 가로막고 나섰기 때문이다.

“그런데.”

주위를 한 차례 둘러본 진백운이 계속해서 말을 이어 나갔다.

“언제 연 소저 이야길 할 생각이지?”

이미 이곳으로 오기 전에 조문과 심청의 입을 통해 백리연이 천마성에 끌려갔다는 얘기를 들은 그였다.

천살인 자신의 신분이 드러날 때도 참았고, 자신을 이용해 계획을 수립하는 얘기를 들으면서도 참았다. 죽다 살아온 자신에게 안부 한마디 없이 다시 의뢰를 강조하는 화영의 태도도 참고 넘어갔다.

하지만 백리연에 관련된 사안이 지금까지 나오지 않았다는 점은 도저히 넘길 수가 없었다.

“휴우.”

진백운의 질문에 화영은 짧은 한숨을 내쉬었다.

그러나 언제 그랬냐는 듯, 다시 미소 지은 표정으로 진백운의 질문에 대답하는 그녀였다.

“안 그래도 애길 하려 했어요.”

“훗.”

그 말에 진백운은 실소를 잠시 머금었다.

하지만, 이내 말을 내뱉는 그의 목소리에는 애써 억누르는 분노가 느껴지는 듯 보였다.

"도대체 언제 말이지?"

진백운의 분위기가 심상치 않음을 느낀 화영이 황급하게 그에게로 전음을 날렸다.

─진짜 얘기하려고 했어, 일단 중요한 것부터…….

그러나 그녀의 말은 다시 한 번 도중에 끊겨야만 했다.

진백운의 전음이 그녀의 귓가에 벼락같이 울렸던 까닭이다.

─그만! 더 이상 나를 실망시키지 마라, 화영.

"……."

속에서 끓어오르는 분노를 가득 담은 듯한 그의 전음에 순간적으로 화영의 표정이 굳어졌다.

─물론 각자마다 중요한 것에는 차이가 있겠지, 하오문을 향한 너의 마음도 이해한다. 그러나 그 어떤 것도 사람의 생명보다 중요한 건 없는 법, 너는 내게 연 소저에 대한 얘기를 제일 처음 건넸어야 했다.

"……."

순간 화영은 당황했다. 살수가 생명을 운운하는 것도 이해가 되지 않았지만, 그보다는 자신에게만큼은 세상 그 누구보다 자상하던 진백운이 자신을 향해 분노를 표출하고 있다는 점이 더 이해할 수 없었던 것이다.

하지만 진백운의 전음은 그칠 줄 모르고 계속 이어졌다.

─나는 항상 너를 믿었고, 그런 만큼 그동안 네가 원하는 일은 웬만하면 들어줬지. 허나 이번만큼은 너의 편을 들어줄 수 없어, 화영, 먼저 선을 넘은 건 내가 아닌 너다!

"?!"

그 말에 화영의 두 눈이 커졌다.

일방적인 통보로 전음을 마친 진백운은 좌중을 향해 말했다.

"하오문주의 말대로 본인은 천살, 천살문 제 칠대 문주 진백운이라 하오."

그동안 잠자코 있었던 사람이라 믿을 수 없을 만큼 빠르게 말을 내뱉는 진백운이었다.

"이곳에서 나에게 들어온 청부는 단 한 건, 광마도를 죽여 달란 하오문주의 의뢰이오. 이것은 선대부터 내려져 온 약속에 의해 이뤄진 것, 그렇기에 본인은 반드시 광마도에 대한 의뢰를 이행할 책임이 있소."

긍정적인 그의 말에 맹주인 남궁혁을 비롯해 각파의 수장들 모두 고개를 끄덕이며 흐뭇한 미소를 지었다.

하지만 뒤에 이어지는 진백운의 말에 그 미소는 금세 지워질 수밖에 없었다.

"단, 살행을 행하는 날짜는 내가 정하오. 이는 광마도를 죽이기 위해서는 많은 준비가 필요하기 때문, 이 점에 대해선 이제부터 거론을 거부하겠소."

"천살문주!"

진백운의 이 같은 발언에 화영이 깜짝 놀란 표정으로 그를 불렀다.

그러나 진백운은 화영을 쳐다보지도 않은 채, 계속해서 말을 이어갈 뿐이었다.

"또한, 본인은 이미 이루어진 광마도의 의뢰를 제외하곤 무림맹의 그 어떤 의뢰도 받지 않을 것이오. 그러니 앞으로의 계획은 본인을 배제한 채 구상하길 바라오."

"가, 감히!"

속사포처럼 쏟아지는 진백운의 말이 다소 건방지게 들렸던지, 천개욱이 자리에서 벌떡 일어서며 진백운을 향해 고함을 내질렀다.

스릉.

"헉!"

그러나 그의 입에선 더 이상 고함 소리가 이어지지 못했다. 언제 발출한 것인지, 이미 진백운의 검이 그의 목젖을 짓누르고 있었기 때문이다.

"그대는 내게 고함 칠 자격이 없다. 물론 그대뿐 아니라 이 자리의 그 누구도!"

한 차례 좌중을 향해 호통을 내뱉은 진백운은 계속해서 그

분위기를 이어갔다.

　"그대들의 편을 들지 않는다는 게, 어찌 잘못된 일이기에 내게 소리를 치는가?! 진짜 잘못은 그대들이 하고 있다. 인질이 생겼다면 구하는 게 도리, 만약 능력이 없어 그리 못한다면 걱정이라도 하는 게 그대들의 도리이거늘, 어찌 아무렇지 않은 듯 넘어갈 수 있단 말인가?! 이것이 정녕 그대들이 부르짖는 무림의 정의이며 의와 협이라면, 무림맹은 오늘부로 해체하는 것이 바람직할 것이다!"

　"이놈!"

　진백운의 외침을 듣다 못한 남궁혁이 자리에서 일어나며 심상의 검, 제왕검형을 그어 나갔다.

　그러나 이는 남궁혁도 진백운을 내심 얕보고 있었음을 증명하는 것밖에 되지 않았다.

　스스스.

　천살귀영신법,

　남궁혁의 기운을 느끼자마자 귀신같은 신법으로 그 모습을 숨기는 진백운이었고, 덕분에 남궁혁의 제왕검형은 갈 곳을 잃고 방황할 수밖에 없었다.

　척.

　그리고 목 뒤에서 느껴지는 차가운 감각.

　'언제?!'

그 서늘한 감각에 깜짝 놀란 남궁혁의 두 눈이 크게 떠졌다. 이마 위에선 식은땀이 흘러내렸고, 분노와 수치가 뒤섞인 감정 탓에 그의 전신은 미세하게 떨리기 시작했다.

"백운!"

이에 화영이 황급한 목소리로 진백운의 이름을 불렀다.

"……."

진백운은 잠시 그런 화영을 바라봤다.

그리고 이내, 그녀의 귓가로 진백운의 전음이 날아들었다.

—이제야 내 이름을 불러주는군.

그것은 다소 실망한 듯한 목소리였다.

스릉.

잠시 후, 뽑았던 검을 도로 집어넣은 진백운은 어느새 처음 있었던 자리로 돌아왔다.

그리고 그는 좌중을 향해 다시 말을 내뱉기 시작했다.

"더 이상 나를 자극하려 들지 마시오. 정과 마의 경계는 내 안에 있음이니, 나는 내 마음이 기우는 쪽으로 걸어갈 것이외다. 만약 무림맹이 나를 업신여기고 내 일행들의 안위를 위협한다면 무림맹이야말로 내가 죽여야 할 악인들. 진정 그대들이 의협을 외치는 자들이라면 지금이라도 올바른 선택을 하길 바라겠소."

"……."

진백운의 선언에 순간 좌중 모두가 꿀 먹은 벙어리마냥 입을 다물었다.

위험한 발언이다. 정과 마를 자신의 잣대로 나누질 않나, 무림맹을 악인으로 치부하려 들질 않나, 이는 실로 오만하고도 광오한 말이라 할 수 있었다.

그러나 아무도 이 같은 불평을 입 밖으로 내뱉을 수 없었다.

조금 전, 진백운이 보여준 한 수에 기세가 완전히 넘어갔던 까닭이다.

더군다나 염화도제가 입증하질 않았는가, 그의 손에 마영혈권을 비롯한 절대십마 넷이 무너졌다는 사실을 말이다.

그런 상대를 앞에 두고 함부로 말을 꺼낼 만큼 정신 나간 사람은 아무도 없었던 것이다.

'내가 알던 진백운이 아니야……'

화영은 충격적인 표정으로 이러한 진백운의 모습을 바라봤다.

조금 전까지만 해도 진백운을 휘두르는 일쯤은 아무것도 아니라 자신했던 그녀였지만, 지금 상황을 바탕으로 판단한 결과, 진백운은 이미 너무 멀어진 존재였다.

자신과 그를 이어주는 건 천살령패뿐, 더 이상은 그와의 인연을 이어갈 자신이 없는 화영이었다.

‘아아……. 무림맹의 신뢰를 얻고자 천살문을 잃은 게로구나……. 구관이 명관인 법이거늘…….’

그 순간, 그녀는 짙은 후회가 자신을 찾아오고 있음을 느낄 수 있었다. 항상 계산에 밝았던 그녀였지만, 이번만큼은 엄청난 착오가 발생했음을 부정할 수 없었다.

그러나 이미 엎어진 물, 돌이키기엔 늦었다. 지금이라도 자신이 할 수 있는 새로운 계산에 몰두하는 것 외엔 별다른 방법이 없었던 것이다.

“휴우.”

짧게 한숨을 내뱉은 그녀가 진백운을 향해 물었다.

“그래서 앞으로 어떻게 할 생각이지?”

피차 서로 간에 어색했던 존칭은 집어치운 화영이었다.

“훗.”

하지만 오히려 이런 화영의 태도가 진백운의 기분을 풀리게 만들었다.

진백운이 그녀를 향해 말했다.

“당연히 구해야지.”

“혼자서?”

“아니.”

그녀의 질문에 대답하며 진백운은 고개를 가로저었다. 그리고 잠시 후, 그는 한쪽을 바라보기 시작했다.

그가 바라보는 곳, 그곳에는 그의 일행들이 서 있었다.

"하아⋯⋯."

이에 화영은 깊은 한숨을 내쉬며 자신의 고개를 좌우로 저어댔다.

차라리 혼자라고 대답하는 편이 더 나았을 것만 같다.

심청, 송삼표, 조문, 이들을 데리고 천마성에 간다는 건 그야말로 섶을 지고 불에 뛰어드는 꼴이기 때문이다.

그러나 진백운의 눈빛은 이미 결정을 내린 듯 확고해 보였다.

"그래, 맘대로 해."

약간은 토라진 듯, 화영은 진백운에게서 등을 돌렸다.

그리고 그것이 지금 그녀가 할 수 있는 최선의 일이었다.

＊　　　＊　　　＊

"힘을 합치자고?"

"그래요."

혈화마녀 사마란은 고혹적인 미소를 지으며 대답했다.

"⋯⋯."

적우군사는 잠시 그런 그녀의 눈동자를 바라봤다.

다름이 아니라 그녀의 의중을 파악하기 위한 것이었다. 그러면서 그는 재빨리 머릿속으로 생각을 굴렸다.

'하긴 마영혈권이 당한 판국에 아무리 파성마각이 자신의 힘이 돼준다 할지라도 불안할 수밖에 없겠지…….'

진백운의 무위는 이미 입증된 상황, 파성마각의 힘을 빌리고 제아무리 멸혼검주가 있다고 치더라도 진백운을 잡을 수 있다고 확신할 수 없는 사마란일 것이다.

하지만 자신의 힘이 더해진다면 상황은 달라진다. 자신의 밑으로 들어온 천산빙녀와 남만독왕, 그뿐인가. 비록 천살과는 비교가 안 될 테지만 백면귀라는 단체는 여전히 무시할 수 없는 힘이다.

이 힘이 사마란의 힘과 함께 더해진다면 제 아무리 천살이라 할지라도 무사할 수는 없을 것이다.

'만약 이것마저 통하지 않는다면…….'

잠시 최악의 상황을 떠올리던 적우군사는 이내 머리를 가로저었다.

만일 그런 상황이 가능하다면 진백운은 무위는 이미 탈마의 경지에 들어선 광마도, 혹은 천마와 어깨를 나란히 할 수 있음을 의미했던 까닭이다.

그러나 아무리 진백운 천살이고, 무에 있어서 천재라 할지라도 그의 나이를 감안할 때 결코 가능할 수 없는 것이었다.

그렇게 생각을 정리한 적우군사는 사마란을 향해 물었다.

"조건은?"

이 점이 가장 중요했다.

힘을 합쳤다 할지라도 결국 진백운을 천마에게 바치는 사람은 한 명일 뿐이다. 때문에 과연 누가 천살을 바치는가가 제일 중요한 사안이었던 것이다.

"흐응. 글쎄, 어떻게 할까요?"

사마란은 일부러 고민하는 표정을 한껏 지어 보이며 말을 질질 끌었다.

'독사 같은 년.'

착.

속에 품은 마음을 들키기 싫었는지, 적우군사가 신경질적으로 부채를 펴 자신의 입을 가렸다.

물론 항상 해오던 그의 버릇이었기에, 사마란은 그의 마음을 읽지 못하는 듯 보였다.

시간이 빠르게 지나갔고, 한껏 고민스런 표정을 지어 보이던 사마란이 드디어 입을 떼기 시작했다.

탁.

그녀는 일부러 과장되게 박수를 한 번 친 뒤, 적우군사를 향해 말을 이어 나갔다.

"이렇게 하는 게 어때요? 천살의 심장에 칼을 꽂는 쪽이 그를 가지는 건?"

“음……..”

그녀의 말에 적우군사는 자신의 턱을 매만졌다. 그녀의 말은 즉, 잠원마공을 익힌 진백운을 귀령검주로 만드는 쪽이 그를 갖자는 것을 의미했다.

그가 말했다.

“내가 불리한 것 아닌가? 누가 봐도 파성마각이 제일 가능성이 높을 것 같은데…….”

마영혈권과 어깨를 나란히 하는 파성마각이다. 그렇기에 그의 힘을 등에 업고 있는 사마란이 유리할 확률이 높았던 것이다.

하지만 사마란은 한껏 엄살을 피우며 그의 말에 반반했다.

“어머머, 마음에도 없는 소릴 하시는군요. 아무리 파성마각이 강하다 해도 당신과 저도 그에 못지않잖아요, 안 그래요? 게다가 수적으로 보자면 당신이 더 유리한 것 같은데요?”

“후후.”

사마란의 반박에 적우군사는 옅은 웃음을 터뜨렸다. 그녀의 말이 사실이었기 때문이다. 십 년 전이라면 파성마각과 마영혈권이 광마도의 바로 다음을 잇는 강자였겠지만, 세월은 흘렀고 흐른 시간만큼 무공의 발전 속도는 개인마다 차이가 있게 마련이다.

결론적으로 파성마각과 마영혈권의 무공은 제자리걸음을

답습할 뿐이었고, 자신과 혈화마녀의 무공은 비약적인 상승
을 이루어낸 상태였다.

비록 괴물 같은 광마도는 넘을 수 없었지만, 제자리에 머물
고 있는 노물들을 넘기에는 충분했던 것이다.

"그럼 그렇게 하는 걸로 알겠어요."

"후후, 자신이 넘치는군."

"자신 없으면 찾아오지도 않았겠죠?"

"후후후."

사마란의 말을 들으며 적우군사는 터져 나오는 웃음을 참
을 수 없었다.

결국 진백운을 차지하는 자가 모든 것을 얻을 것이고, 이번
이 마지막 기회였다. 그렇다면 그녀와 진심으로 승부해 보는
것도 나쁘지 않아 보였던 것이다.

결정을 내린 적우군사가 그녀를 향해 말했다.

"후후, 기대하지."

"저도 마찬가지랍니다, 호호호."

동상이몽. 같은 침대에서 누워 자도 꾸는 꿈은 서로 다르듯
이, 한배를 탄 그들이지만 미래를 바라보는 시각은 많이 다른
듯했다.

*　　　*　　　*

“……..”

진백운은 무미건조한 표정으로 자신의 앞을 막아선 인물들을 바라봤다.

이미 한 번 언쟁이 있었던 사람이 섞여 있어서일까, 그를 바라보는 진백운의 시선은 그리 곱지만은 않았다.

진백운 일행을 막아선 이들은 다름이 아니었다.

염화도제 지강수.

뼛속까지 무림맹의 수뇌인 그를 필두로 한 별동대가 길을 막고 서 있는 것이었다.

“무슨 뜻이오?”

그렇다 보니 진백운의 어투에는 잔뜩 경계심이 묻어 있었다.

“허, 거참……..”

지강수는 그런 진백운을 바라보며 잠깐 입맛을 다질 수밖에 없었다. 그러나 이내 그는 이해한다는 듯 고개를 한 차례 끄덕이곤 천천히 진백운을 향해 입을 열기 시작했다.

“자네의 심정은 이해하나, 그래도 나이를 생각해서 존대 좀 써주지 그러나?”

“……..”

이에 진백운의 표정이 일순 미묘하게 변했다.

그만큼 생뚱맞은 말이었기 때문이다.

잠시 후, 진백운이 그를 보며 말했다.

"나는 나를 존중하는 사람을 같이 존중할 뿐이오."

즉, 받은 만큼 돌려준다는 뜻이었다.

'거, 미운 털 제대로 박혔구만…….'

그런 진백운의 태도에 지강수는 속으로 쓰게 웃었다.

사람 간의 만남에 있어서 첫 인상이란 그만큼 중요한 법, 이 모든 게 좋은 인상을 주지 못한 자신의 탓인 셈이다.

이내 살짝 어색한 미소를 지은 채, 말을 내뱉는 그였다.

"거… 일전의 일은 내 사과함세. 허나 본인은 정말 무림의 안위를 위해 신념을 지켰을 뿐이니, 자네도 나를 이해해 줬으면 좋겠네."

"……."

진백운은 가만히 그가 내뱉는 말을 들었다.

그에 대해 좋은 인상을 받지는 못했지만, 지금 하는 말에서 딱히 가식을 찾을 수 없었던 까닭이다.

그러는 사이, 지강수의 말이 계속해서 이어졌다.

"그리고 내가 온 목적은 자네와 함께 가기 위해서일세."

"?!"

이번에는 진백운도 놀란 표정을 짓지 않을 수 없었다. 그가 전혀 예상도 못했던 말을 지강수가 했기 때문이다.

"좋은 인연을 맺었더구만……."

그 말을 끝으로 한 지강수는 자신의 뒤편을 고갯짓했다.

"음……."

이에 진백운은 뒷머리를 긁적이며 지강수가 가리킨 방향을 바라보았다.

그곳에는 무진을 비롯해 왕삼개, 유진명, 성태강, 그리고 현양진인이 미소를 지은 채 서 있었다.

그들을 대표해 무진이 앞으로 나서며 진백운을 향해 말했다.

"섭섭합니다, 진 소협. 우리에게 도움 좀 청하면 어디 덧납니까? 우리 사이가 남도 아니고……."

왕삼개도 말을 보탰다.

"같이 갑시다. 천마성이 뒤집 마당도 아니고, 한 명이라도 아쉬울 때 아니오?"

비록 말은 안 했지만, 유진명과 성태강, 현양진인도 저마다 고개를 끄덕이며 동조의 뜻을 내비쳤다.

푸화악.

그리고 별안간 염화도제 지강수가 이글거리는 자신의 기운을 한껏 내뿜었다.

그러면서 다시 한 번 말을 내뱉는 그였다.

"자네도 알다시피 내 무공은 괴인들에게 상극이라네. 어떤

가? 이만하면 든든하지 않겠나?”

“…….”

잠깐 동안 진백운은 가만히 그 모습을 바라보았다.

그러나 답은 이미 정해져 있었다.

다만, 밀려오는 감동에 쉬이 말이 나오지 않을 뿐이었다.

찰나의 시간이 아주 빠르게 지나갔고, 진백운의 입이 깊은 호선을 그렸다.

“훗.”

가벼운 미소를 지은 진백운이 별동대를 향해 입을 열기 시작했다.

“다들…….”

주위를 한 차례 훑으며 그는 잠시 말을 쉬었다.

그러고는 다시 말을 이어 나가는 진백운이다.

“……이 은혜 절대 잊지 않을 것이오.”

인연, 그 신비로운 힘 앞에 그저 감탄밖에 나오지 않는 순간이었다.

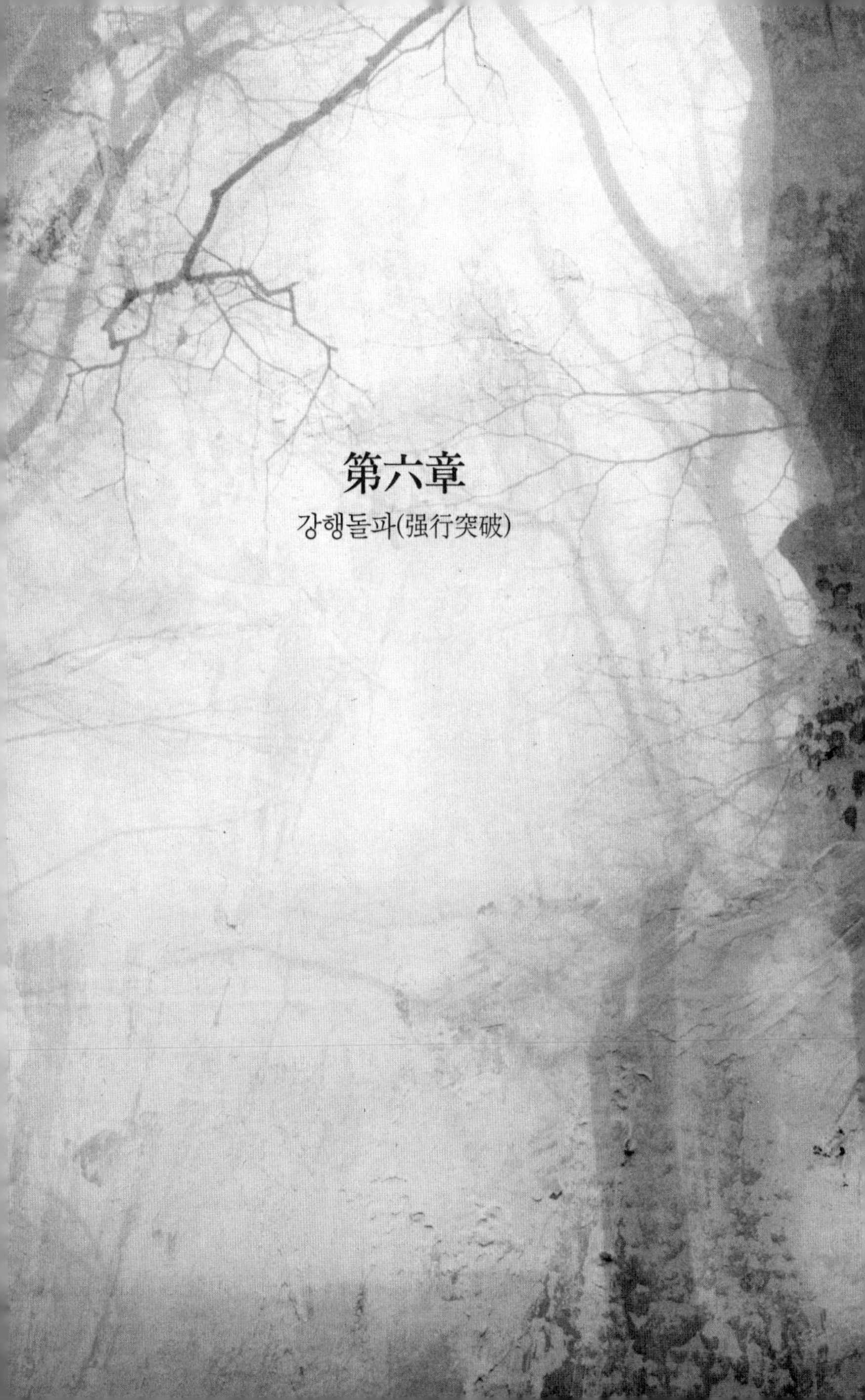

第六章

강행돌파(强行突破)

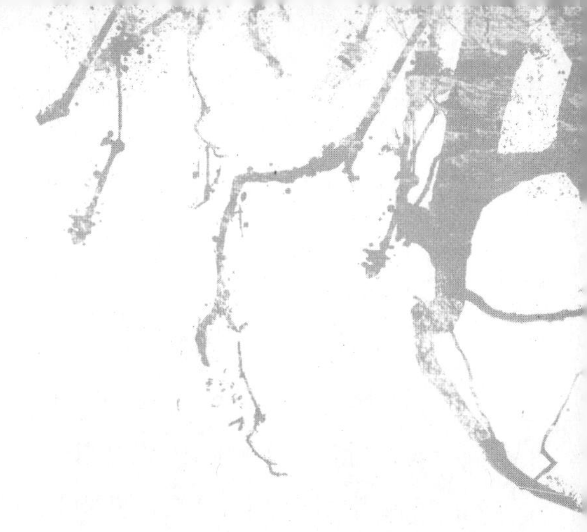

아침 해가 뉘엿뉘엿 동쪽으로 떠오르고 있었다. 산봉우리 위로 파란 하늘이 그 빛을 밝혔고, 멀리 보면 호수와 하늘이 잇달아 연결돼 파란빛을 영롱하게 내뿜었다.

그야말로 장관이다.

일행들은 적지로 직행하고 있단 생각도 잊은 채, 아름다운 경치에 저마다 옅은 미소를 지어 보였다.

"정말 예뻐요."

심청이 느낀 바를 한마디로 표현했고, 진백운은 그런 심청의 머리를 한 차례 쓰다듬어 주었다.

아쉽지만, 심청은 이곳에 남아야만 했다.

이 앞은 무공일식도 모르는 그녀가 가기엔 너무도 위험한 곳인 까닭이다.

사실, 이곳까지 함께 온 것만으로도 그녀에겐 많은 용기가 필요했을 터였다. 아니, 그동안 무림의 일에 관계된 것만 해도 일반인인 그녀가 견디기엔 힘들었을지도 모른다.

진백운은 새삼 심청이 대단하다고 느껴졌다.

연약한 여인의 몸으로 그동안 아무 말 없이, 힘들다는 투정 한마디 없이 따라오는 게 얼마나 힘들었을까. 만약 자신이 심청과 같은 입장이었으면 결코 행할 수 없는 일이었을 것이었다.

이내 심청은 진백운을 눈을 바라보며 떨리는 목소리로 말을 건넸다.

"꼭 돌아오시리라 믿어요."

그 말에 진백운은 자상한 미소를 지은 채로 대답했다.

"거자필반. 걱정 말거라, 연 소저와 함께 반드시 돌아오마."

"네! 꼭이요!"

그의 대답을 들은 그녀가 씩씩한 목소리로 말했다.

이에 진백운은 심청을 향해 고개를 한 차례 끄덕여 준 뒤, 말없이 전면을 응시했다.

천마성.

실로 어마어마한 규모의 성이다.

충분히 거리가 떨어져 있음에도 불구하고 그 성의 위용이 고스란히 시선에 들어찬다.

천마성이 내뿜는 위용을 보고서야 진백운은 왜 천마성이 단일단체로서 최강이라 평가되는지, 왜 그토록 정파의 무인들이 두려워하는지 알 수 있을 것만 같았다.

"엄청나군요."

옆에 있던 무진도 처음 보는 천마성의 규모에 감탄을 금치 못했다.

이대로 두면 안 되겠다고 여겼는지 염화도제 남궁혁이 움츠러드는 분위기를 전환하고자 일부러 과장된 말투로 말을 내뱉었다.

"크기만 크지, 별거 아닐세. 맹주가 소박해서 그렇지, 맘만 먹었으면 저것보다 더 크게 만들 수도 있었지."

천마성에 절대 꿀리기 싫은 게 그의 심정이었다. 그러나 덤덤한 그의 말과는 달리 내심 그 역시도 천마성의 엄청난 규모에 위축되는 건 어쩔 수 없었다.

'제길, 전보다 더 커졌어. 저놈들은 대체 어디서 돈이 나는 거야?'

도저히 출처를 알 수 없는 천마성의 자금줄이었다.

"그나저나 결국 여기까지 왔네요, 진 소협. 이제 어쩌실 생각이십니까?"

천마성을 목전에 둔 유진명의 말이다.

물론 백리연을 구출하는 것이 자신들의 최우선 목표였다. 이는 일행들 모두가 숙지하고 있는 상황이다. 문제는 어떻게 구하냐는 것이었다.

떠오르는 선택지는 단 두 개, 잠입 혹은 강행돌파뿐이었다.

"음."

유진명의 질문에 진백운은 자신의 턱을 매만졌다.

사실 성패의 가능성으로 보나 일행들의 안위로 보나, 자신이 혼자 잠입해 몰래 백리연을 빼내오는 게 가장 좋은 방법이었다.

물론 이는 일반적인 계산에서 나온 결론일 뿐이다. 만약 화영에게서 온 서찰을 읽지 않았다면 진백운은 무조건 잠입을 선택했을 것이다.

하지만 어젯밤 날아온 화영의 전언은 진백운으로 하여금 다시 생각하게 만들었다.

무림맹(武林盟) 진격(進擊), 전면전(全面戰), 신아(信我)……. 강행돌파(强行突破). ─화영(華榮).

만약 자신을 믿는다면 강행돌파를 해달라는 화영의 전언이다.

솔직히 진백운은 화영을 완벽히 신뢰할 수 없었다. 더욱이 전력의 우열로 판가름할 때, 이대로 강행돌파 한다는 건 별동대를 사지로 밀어 넣는 것과 마찬가지였다.

뭔가 치밀한 작전을 세워도 모자랄 판국에 다짜고짜 전면전 감행이라니, 그녀답지 않은 선택이었던 것이다. 그렇기에 더더욱 화영을 신뢰할 수 없는 진백운이었다.

하지만.

'웃긴 건 그래서 더 믿음이 간다는 거지.'

역설적이게도 그녀가 평소답지 못하다는 점이 믿을 수 있었던 것이다.

"……."

잠시 눈을 감은 진백운은 머릿속으로 고민에 고민을 반복해 보았다.

어젯밤, 화영이 보낸 서찰을 같이 읽은 일행들 모두가 그의 말을 기다렸다.

그가 어떤 선택을 하든지 간에 그에 따르기로 결심을 굳혔던 까닭이다.

찰나 같은 시간이 아주 더디게 지나갔다.

이윽고 진백운은 감았던 두 눈을 천천히 뜨기 시작했다.

그리고 그는 나지막한 목소리로 왕삼개를 불렀다.

"풍개."

"?"

"풍개의 의견을 듣고 싶소."

일행들의 안위가 달린 문제이다. 그렇기에 섣부르게 판단할 수는 없었고, 결국 고민을 거듭한 진백운은 왕삼개의 의견을 들어보기로 결정을 내렸다.

만리풍개 왕삼개. 개방의 후개로서 충분히 자격이 있는 사내다. 빠른 두뇌 회전과 상황 판단은 하오문주인 화영과 그 어깨를 나란히 할 만큼 충분했다.

"음……."

진백운의 말에 왕삼개는 잠시 뒷머리를 벅벅 긁적이며 고민하는 표정을 지어 보였다.

잠시 후, 서서히 그의 입이 열리기 시작했다.

"서찰의 내용은 거짓이 아니오. 확실히 하오문주다운 생각이랄까? 그녀, 아니, 맹의 입장에선 잠입보단 돌파가 맞지요."

"이유는?"

"그로 인해 얻게 될 이득이 더 크기 때문이오."

"이득?"

진백운의 되물음에 왕삼개는 고개를 끄덕였다.

"그렇소. 진 소협이 홀로 잠입할 경우, 일이 성공한다 해도 백리연 소저를 구출하는 것 외엔 딱히 얻을 게 없지 않소? 허나, 진 소협과 별동대가 함께 돌파를 감행한다면?"

"아……!"

그제야 진백운은 화영의 노림수를 알 수 있었다.

이에 왕삼개가 고개를 주억거리며 계속해서 말을 이어 나갔다.

"진 소협은 백리연 소저를 구한 뒤, 분명 우리를 돕는다는 작전이오. 물론 이건 어디까지나 진 소협의 결정에 좌지우지되는 작전이지만……."

"만약 내가 그럴 생각이 없다면?"

"그 결과는 진격하는 무림맹 무사들의 필패. 즉, 진 소협의 결정에 무림의 앞날이 걸린 것이오."

"……."

외통수다.

진백운은 촘촘하게 얽혀 있는 화영의 지략에 혀를 내둘렀다. 그렇게 겁을 주고, 단호한 자신의 입장을 밝혔음에도 불구하고 모험을 한다.

그리고 그녀가 하는 모험은 자신의 발목을 깊게 옭아매고 있었다.

"하하, 설마……. 만일 그렇다면 정말 대단한 여인이오."

별안간 왕삼개가 혀를 내두르며 화영에 대한 감탄사를 쏟아냈다.

“무슨 말이오?”

이에 진백운이 의문스런 눈빛을 그에게 보냈다.

잠시 후, 왕삼개가 말을 이어 나갔다.

“이건 불현듯 든 생각이지만, 그녀라면 왠지 이를 염두에 뒀을 것 같소. 정말 무섭지 않소? 진 소협이 내게 의견을 물어 본다는 것까지 전부 그녀의 계산이었다면 말이오.”

“음…….”

왕삼개의 말에 진백운은 절로 낮은 침음이 삼켜졌다.

역시 화영은 화영이다.

진백운 자신이 무공으로 그녀를 억누르지 않는 한, 그녀의 지략은 도무지 이길 수가 없을 듯 보였다.

만약 왕삼개에게 의견을 구하지 않았다면, 진백운은 그냥 잠입을 시도했을 것이고 화영의 계획은 수포로 돌아갔을 것 이다. 하지만 결국 그녀의 계산대로 자신은 왕삼개의 의견을 들었고, 그 결과 자신의 손에 수많은 생명이 걸렸다는 사실을 알게 된 셈이다.

그리고 선택지는 결국 하나로 압축되었다.

‘연 소저를 구하고 일행들도 구해야겠지…….’

무림맹 무사들의 목숨이야 눈 감고 지나칠 수 있다. 하지만 무진을 비롯해 이곳까지 함께 온 동료들은 차마 그냥 지나칠 수 없는 진백운이었다.

결국 그는 일행들을 향해 말을 내뱉었다.

"돌아가기엔 이미 늦었겠지요?"

그 말에 지강수를 비롯한 일행들이 저마다 흉흉한 기세를 내품었다.

천마성과 무림맹의 전면전이 일어난다.

이 자리의 모두가 천마성에 원한이 있는 자들, 그냥 돌아갈 리는 만무했던 것이다.

"휴."

짧게 한숨을 내쉰 진백운이 어쩔 수 없다는 목소리로 말을 이어 나갔다.

"합시다."

그 말에 일행들의 눈빛이 다시 한 번 바뀌었다.

그리고 기어이 진백운의 입에서 모두가 기다리던 한마디 가 터져 나왔다.

"강행돌파……."

＊　　　＊　　　＊

콰아앙!

요란한 소리가 지축을 울렸다.

끼이익, 쿵.

그리고 서서히 쓰러지는 천마성의 정문이다.

삐이익—

난데없는 침입자의 출현에 곳곳에서 비상을 알리는 호각 소리가 연신 터져 나왔다.

"크하하하하."

시작은 염화도제 지강수부터였다.

그는 마치 신명이라도 난 듯이 천마성 마인들을 향해 자신의 도를 마구 휘둘렀다.

화르륵.

그의 도에서 튀어나온 뜨거운 화염이 주변을 집어 삼켰다.

쉭, 쉭.

그뿐만이 아니었다.

마치 한 마리의 사나운 맹수처럼 검을 휘두르는 고랑검객 유진명부터 시작해 부드럽게 커다란 원을 그려대는 운중복검 무진까지, 지강수를 필두로 구축된 별동대는 마인들을 하나씩 쓰러트려 가며 앞으로 조금씩 전진했다.

"크윽."

하지만, 천마성 마인들이 가장 감당할 수 없는 존재는 단연 이 사내였다.

천살 진백운.

스스스.

천살귀영신법을 통해 귀신같은 움직임을 보이는 그의 검 앞에 천마성의 마인들은 속수무책인 듯 보였다. 더 놀라운 건 그의 검에 당한 마인들은 모두 괴로운 비명만 내지를 뿐, 목숨은 붙어 있다는 사실이다.

하지만 이 점이 천마성 마인들에게는 악으로 작용하고 있었다.

차라리 죽었다면 상관없겠지만, 한솥밥을 먹고 있던 동료들이 고통에 몸부림치는 터에 행동에 제약이 걸려 버린 탓이었다.

한마디로 전투에 방해가 됨에도 불구하고 차마 자신들의 손으로 직접 동료들을 죽일 순 없는 상황이었다.

더 큰 문제는 진백운의 움직임은 도저히 쫓을 수 없었고, 시간이 지나면 지날수록 고통에 몸부림치는 동료들이 기하급수적으로 늘어간다는 사실이다.

그럴수록 전장은 점점 아수라장으로 변해가기 시작했다.

"크악!"

"크악!"

천마성 마인들은 속수무책이었다.

그도 그럴 것이 비록 소수이긴 하지만, 별동대 구성원들의 면모를 살펴보면 고수 아닌 자들이 없는 까닭이다.

절대사제 한 명에, 모인 승천칠성만도 셋이다. 그뿐인가,
현양진인, 조문, 성태강도 충분히 제몫을 해내고 있었다. 무
공의 성취는 경험을 통해 쌓이는 바, 그동안 산전수전 다 겪
은 이들이 약할 리는 결코 없었다.

한마디로 똑같은 무공의 경지라면 별동대 인원들은 그보
다 더 강한 힘을 소유하고 있는 것이었다.

그렇게 계속해서 천마성 마인들이 난데없는 별동대 침입
에 하나씩 쓰러져 가던 찰나였다.

"호호호호."

별안간 허공에서 교성이 울려 퍼졌다.

"진 소협!"

그 교성의 주인공이 혈화마녀란 사실을 깨달은 지강수가
황급히 진백운을 찾았다.

그리고 그 순간.

"하아압!"

낙뢰검법(落雷劍法) 제이초식 낙뢰만천(落雷滿天).

진백운의 힘찬 기합 소리와 함께 하늘을 가득 메운 낙뢰의
줄기들이 우수수 떨어졌다.

정교하면서도 주변을 아우르는 광범위한 공격이다.

덕분에 산개해 있던 별동대 일원들이 한자리에 모일 수 있는 틈이 만들어졌고, 지강수의 지시대로 일사불란하게 각자의 자리를 찾아 모여드는 그들이었다.

"흐응~?"

이에 모습을 드러낸 혈화마녀가 흥미롭다는 표정으로 진백운과 별동대를 바라보았다.

"오리란 건 알고 있었지만, 설마 이렇게 대놓고 올지는 몰랐는데? 그것도 고작 그 숫자로 말이야?"

재밌는 장난감을 발견한 것처럼, 그녀의 목소리는 이상하게 흥분되어 있었다.

한눈에 알아봤기 때문이다.

지금 그녀의 눈동자에는 오로지 진백운의 모습만이 맺히고 있는 중이었다.

"그만!"

이내, 그녀는 진백운과 별동대에게로 달려들려는 마인들에게 그만 멈추라는 명령을 내렸다.

어차피 전력 낭비일 뿐이었던 까닭이다.

고수가 고수끼리 싸우는 이유, 하수가 하수끼리 싸우는 이유는 다른 게 아니다.

절정을 넘어선 고수를 상대로 하수들이 아무리 많이 모여봐야 무용지물, 그 이상도 이하도 아니었기 때문이다.

무림맹과의 전면전이 얼마 안 남은 지금, 굳이 진백운을 잡고자 병력을 낭비할 필요는 없었다.

그리고 어차피 진백운을 잡기 위한 준비는 마친 상태였다.

사마란은 교태로운 동작으로 다리를 꼬며, 진백운을 향해 말했다.

"보고 싶었어."

입술을 핥은 그녀가 뒷말을 마저 이었다.

"천살."

그리고 그 순간, 그녀의 눈빛이 반짝이기 시작했다.

*　　　*　　　*

마중처.

평소와 달리 오늘은 단 두 사람만이 이곳에 자리하고 있었다.

천마, 그리고 광마도.

"그가 왔습니다."

이미 부하들의 전언을 통해 진백운이 왔다는 소식을 전해 들은 유승이 천마를 향해 말했다.

"흐음."

이에 천마가 흥미롭다는 표정으로 고개를 끄덕였다.

그러다 잠시 후, 유승을 향해 무덤덤한 표정으로 말을 내뱉는 천마다.

"예상보다 빠르군."

"혈화가 앞당긴 것이지요."

썩 마음에 들지 않았는지, 대답하는 유승의 목소리가 퉁명스럽다.

"훗, 허나 시간을 돌이킬 순 없는 법이지."

"……."

가볍게 미소를 지으며 내뱉는 천마의 말에 유승은 가만히 고개를 주억거렸다.

천마의 말대로 이미 벌어진 일이고, 시간은 결코 돌릴 수 없는 것이었다.

더 강해진 상태로 왔다면 좋았겠지만, 이것이 진백운의 운명이라면 그 스스로가 받아들여야만 할 터였다.

"어쩌실 것입니까?"

하지만 가능하다면 진백운에게 기회를 주고 싶은 광마도였다.

유승의 물음에 천마는 잠시 고민하는 표정을 지으며 자신의 턱을 두어 차례 매만졌다.

그러다 이내 결정을 내렸는지, 유승에게 말을 내뱉는 천마다.

“무림맹 병력도 함께 움직였다지?”

“보고에 의하면 강호 곳곳의 무인들이 이곳으로 몰려드는 중입니다.”

“본단이 도착할 시간은?”

“아마 오늘 밤일 것 같습니다.”

“그럼 밤이 될 때까지 천천히 차나 한 잔 즐기도록 하지.”

“?!”

그 말에 유승의 표정이 미묘하게 변했다.

천마는 지금 진백운에게 기회를 주고 있었고, 이는 매우 이례적인 일이었던 까닭이다.

만약 무림맹 본단이 도착할 때까지 살 수만 있다면, 목숨을 구할 확률은 더욱 높아질 것이다.

그리고 만약 오늘을 넘긴다면 진백운은 더욱 강해진 상태로 자신을 찾아올 것이었다.

후환을 남기지 않는 천마가 주는 이례적인 기회가 아닐 수 없는 상황이다.

잠시 후, 천마의 말이 계속해서 이어졌다.

“궁금해서 말이야.”

“무엇이 말씀이십니까?”

“자네가 본 것.”

“?!”

"대체 그에게서 무얼 보았기에, 그토록 그를 기다리려 하는지 말이야. 후후."

"……."

이와 같은 천마의 말에 유승은 잠시 무언가를 생각하는 듯한 표정을 짓고 섰다.

그렇게 얼마 동안의 시간이 흐른 뒤일까, 굳게 닫혀 있던 그의 입이 천천히 열리기 시작했다.

"그 녀석이라면… 저를 죽일 수 있겠지요."

덤덤히 자신의 감상을 말하는 유승, 그리고 그 모습을 흥미로운 표정으로 바라보는 천마였다.

*　　　*　　　*

혈화마녀의 출현으로 주변 일대에는 잠시 침묵과 정적이 찾아들었다. 그러나 말 그대로 아주 잠시 찾아왔을 뿐이다.

"데려와."

누구에게 하는 말일까, 그녀는 짧게 한마디를 내뱉었다.

하지만 그녀가 무엇을 말했는지는 얼마 지나지 않아서 그 의미를 알 수 있었다.

저벅, 저벅.

자색 빛 검을 허리춤에 차고 걸어 나오는 한 사내는 꽤나 준수한 용모의 중년 사내였다.

　그리고 그 사내는 진백운이 누구보다 잘 알고 있는 인물이라 할 수 있었다.

　"가주님!"

　백리휘명은 진백운에게 생명의 은인이라 할 수 있는 사람, 어찌 그 얼굴을 잊을 수 있겠는가.

　그리고 그가 데리고 나오는 한 여인.

　"연 소저!"

　진백운은 크게 백리연의 이름을 불렀다.

　설마 백리연을 납치한 사람이 백리휘명일 것이라곤 꿈에도 생각 못했기에 순간적으로 진백운은 당혹스런 표정을 숨길 수 없었던 것이다.

　'잠원마공……'

　하지만 오래지 않아 진백운은 대략 어떤 식으로 일이 이 지경까지 진행된 것인지 눈치챌 수 있었다.

　백리휘명이 잠원마공을 익힌 지는 대략 십 년이 넘어간다. 그리고 그런 백리휘명은 천마성 입장에선 잠원마령 강시로 만들기 딱 좋은 먹잇감이었을 터였다.

　'바보같이……'

　진백운은 안일하게 행동했던 자신의 과거를 후회했다.

　조금만 깊게 생각했더라면 바뀌었을 미래다.

가장 위험한 사람을 아무렇게나 방치한 셈이다. 그것도 자신의 생명의 은인을 말이다.

"호호호, 놀랐나 봐?"

그런 진백운의 귓가로 혈화마녀의 웃음소리가 파고들어오기 시작했다.

빠득.

그 교활한 웃음소리에 진백운은 자신의 어금니를 지그시 깨물었다.

하지만 이런 진백운의 반응은 전혀 개의치 않는지, 그녀는 자신이 할 말을 계속해서 이어갈 뿐이었다.

"흐응~ 놀라긴 아직 이른데. 준비 많이 했다고."

그녀는 번쩍 손을 높이 들어올렸다.

샥, 샥, 샥.

그에 맞춰 모습을 드러내는 하얀 가면의 귀신들, 그리고 백면귀들과 함께 별안간 적우군사를 시작으로 파성마각까지. 남아 있던 절대십마들이 한 명씩 쏙쏙 그 모습을 드러내기 시작했다.

'제길…….'

차례차례 나타나는 인사들을 지켜보면 볼수록 염화도제 지강수의 이마에선 굵은 땀방울이 비처럼 흘러내렸다.

강행돌파를 감행한 순간부터 이미 예상한 바였지만, 막상 나타난 절대십마들을 바라보니 긴장되는 마음은 어쩔 수 없었던 것이다.

'본단 병력이 빨리 와야 할 텐데……'

결국 중요한 건 시간.

맹의 본단이 도착할 때까지, 어떻게든 버티는 도리밖에 남지 않았다.

*　　*　　*

'연 소저……'

잡혀 있는 모습이 안타까워 보인다.

모진 고문을 받았는지, 눈처럼 새하얀 뺨은 벌겋게 달아올라 있었고 행색도 초라하기 그지없었다.

스윽.

백리연의 안쓰러운 모습에 마음이 초조해졌는지, 진백운은 슬쩍 한 발을 앞으로 내딛었다.

"호호호, 섣불리 움직이면 안 될 텐데?"

"……"

하지만 혈화마녀의 말에 움직임을 멈출 수밖에 없었다.

미리 명령을 내려놓았는지, 진백운의 움직임에 따라 백리연의 목에 검을 갖다 대는 백리휘명이었다.

‘칫……’

진백운은 자신의 어금니를 잘근 깨물었다.

함부로 움직이기엔 백리연의 안위를 쉽사리 장담할 수 없었기 때문이다.

“흐응~ 꽤나 소중한 모양이네? 이렇게까지 말을 잘 들을 줄은 몰랐는데, 호호호.”

사마란은 이죽거리는 말투를 내뱉으며, 연신 웃음을 터뜨렸다.

천하의 천살이 고작 계집 하나 때문에 행동에 제약이 걸린 상황, 절로 웃음이 나오는 상황이었던 것이다.

‘일이 쉽게 풀리는걸?’

한참을 웃은 사마란이 눈빛을 빛냈다.

백리연은 진백운의 역린.

이 점을 잘만 이용한다면 손 안 대고 코 푸는 것도 가능할 터였다.

사마란이 진백운을 향해 말했다.

“천살이 잠원마공을 익혔다고 들었는데, 사실이야?”

“음.”

그 말에 진백운은 이들의 목적을 알 수 있었다.

잠원마령강시, 이들은 자신을 양무철처럼 만들고 싶어 하는 것이다.

양무철이나 백리휘명, 그리고 질풍대주같이 잠원마공을 익힌 이들은 천마성의 꼭두각시라 할 수 있다. 하지만 진백운을 통해 얻을 수 있는 건 전자들과는 확실히 달랐다.

천하제일 살수라는 천살의 무공, 심지어 마영혈권의 무릎까지 뚫린 무공이다, 탐이 나지 않을 수 없었다.

"대답하기 싫다는 거야?"

사마란은 진백운의 대답을 재촉했다.

주륵.

"윽."

잠시 후, 백리연의 입에서 미약하게 신음이 흘러 나왔다.

협박, 그녀는 백리연에게 통증을 주는 것으로 진백운의 대답을 유도한 것이었다.

이에 진백운이 황급하게 대답했다.

"맞는 말이다, 잠원마공을 익혔다."

광마도가 던져 준 잠원마공, 그 마공을 익혔다는 사실을 무덤덤한 표정으로 공개하는 그였다.

어차피 잠원마공을 극복한 진백운이었기에, 사실을 밝히는 데 있어 별다른 거리낌은 없었다.

"호호호."

진백운의 대답이 마음에 들었는지, 사마란이 교성 섞인 웃음을 다시 한 번 터뜨렸다.

이제 그녀에게 남은 일은 하나밖에 없었다.

진백운을 죽이는 것.

이미 귀령검은 준비된 상태였고, 그를 죽여 귀령검과 진백운이 익히고 있는 잠원마공이 서로 공명을 이루는 일만 남은 것이었다.

'가능하면 제 손으로 죽어주는 게 좋겠지.'

사마란은 눈빛을 빛내며 진백운을 바라봤다.

이내, 그녀의 입이 다시 열리기 시작했다.

"이년을 두고 제안을 하나 할까 하는데 들어볼래?"

백리연 근처로 다가간 그녀는 진백운을 향해 말했다.

"뭐지?"

백리연을 두고 하는 제안.

진백운이 듣지 않을 리 만무했다.

그 반응에 사마란의 입꼬리가 시원한 호선을 그리며 말려 올라갔다.

백리연을 납치한 건 확실히 신의 한 수였던 것이다.

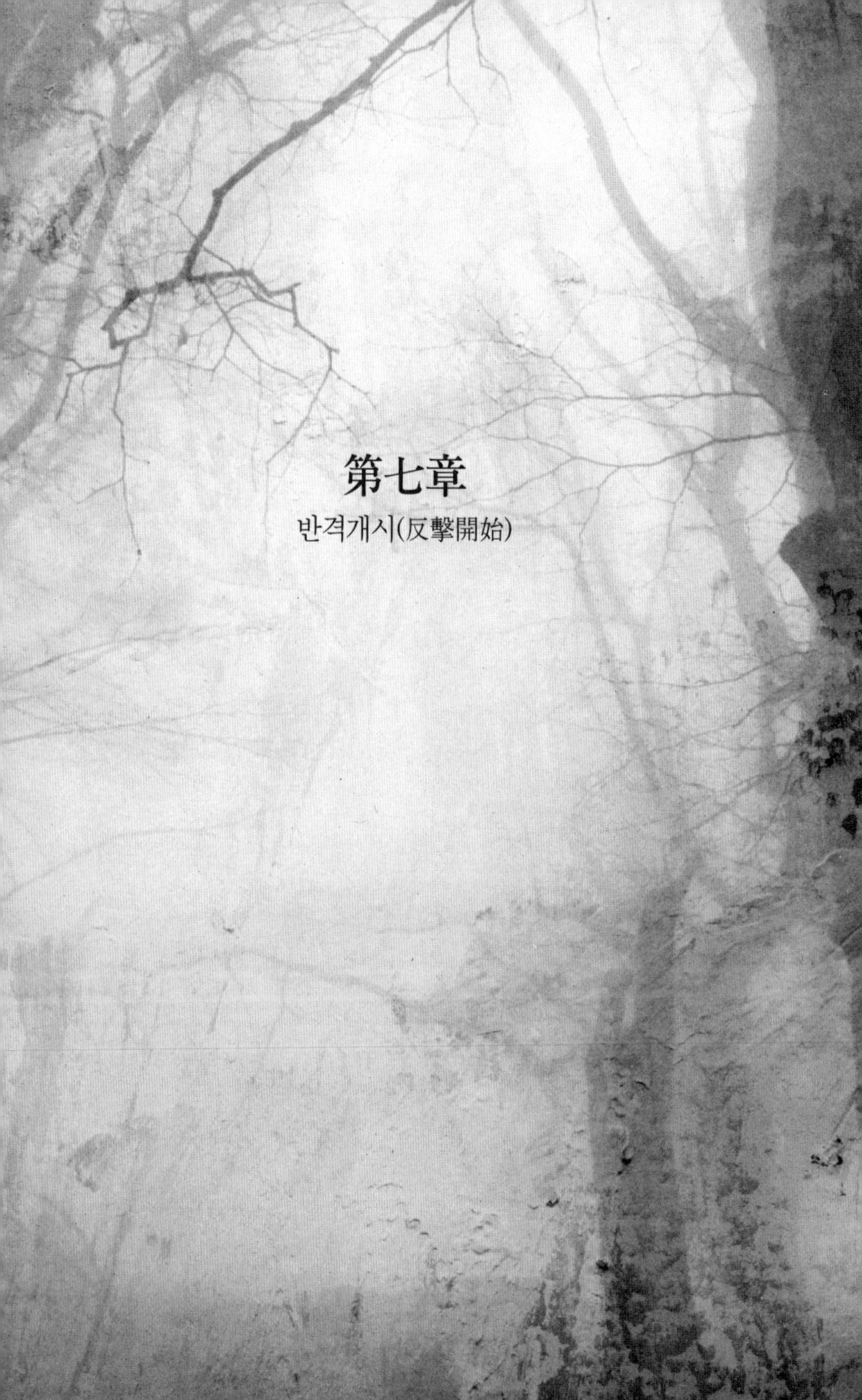

第七章

반격개시(反擊開始)

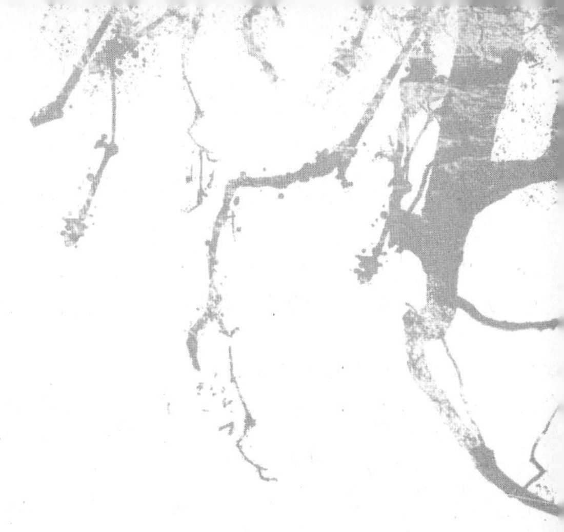

혈화마녀의 제안은 다름이 아니었다.

그녀는 비열한 미소를 머금은 채, 진백운을 향해 말을 잇기 시작했다.

"스스로 목숨을 끊는다면 이년의 목숨을 살려줄게. 어때? 아, 물론 원한다면 함께 온 동료들의 목숨도 같이 말이야. 이 정도면 괜찮은 제안이지 않아?"

"음……."

그 말에 진백운은 절로 침음을 삼켜야만 했다.

잠원마령강시가 되기 위해선 반드시 한 번 죽어야만 한다.

하지만 진백운은 미처 이런 사실을 알지 못했었고, 때문에 천마성에서 자신의 목숨을 버리란 제안을 할 것이라곤 전혀 예상하지 못했던 것이다.

"말도 안 되는 소리!"

별안간 옆에 있던 지강수가 큰 소리로 외쳤다.

이내, 그는 진백운에게 말했다.

"이보시게, 천살. 저딴 말에 현혹되면 안 된다네. 마인이 괜히 마인이겠는가. 저들은 약속을 지킬 자들이 아닐세. 만약 자네가 스스로 목숨을 끊는다 할지라도 저들은 우리를 공격할 것이라네. 그러니 지금 저 제안은 고민할 필요조차 없는 제안일세."

그 옆에 현양진인도 지강수의 말을 옹호했다.

"무량수불……. 진 소협, 도제의 말은 백 번 생각해도 옳은 말이라오. 더군다나 맹의 본단이 지금 이곳으로 오고 있질 않소? 그러니 어차피 우리와 저들은 싸울 수밖에 없는 운명, 애초에 지켜질 약속이 아니라오."

"맞습니다."

"진 소협, 속지 마십시오."

현양진인의 말에 뒤이어 다른 일행들도 저마다의 의견을 피력하며 혈화마녀의 제안을 거절할 것을 진백운에게 요구했다.

“…….”

시선은 사마란에 고정한 채로, 진백운은 가만히 일행들의 말에 귀를 기울였다.

일행들의 얘기는 전적으로 옳았다.

이곳은 천마성이었고, 이미 마인들을 몇 겹으로 둘러싸 자신들을 포위하고 있는 상태. 아쉬운 게 없는 그들이 자신의 목숨을 가진다 해서 일행들과 백리연을 풀어줄 리가 없었다.

‘문제는 연 소저인데…….’

하지만 백리연의 안위를 위해서라면 비록 그것이 실낱같은 희망일지라 하더라도 기대를 걸고 싶은 게 진백운의 솔직한 심정이었다.

그렇게 진백운이 머릿속에서 고민을 반복하고 있는 사이, 혈화마녀는 혓바닥으로 입술을 한 번 적신 뒤 재차 진백운의 빠른 결정을 요구하기 시작했다.

“내 말을 믿든 안 믿든, 내 제안을 받아들이든 말든, 어디까지나 결정은 너의 자유야. 하지만 이것만은 알아둬. 굳이 제안할 필요가 없었다는 걸 말이야.”

“…….”

독사 같은 혓바닥이다.

번뇌하는 마음속을 파고드는 그녀의 말은 진백운을 더욱 초조하게 만들었다.

그녀의 말처럼, 이미 전력 면에서 앞서는 그들의 입장에서 군이 제안을 건넬 필요는 없었을 것이다. 다만 그들의 목적이 자신에게 한정되어 있기에 건넸을 뿐, 백리연과 일행들의 목숨은 애초에 저들의 관심 밖이었을지도 몰랐다.

만약 그렇다고 가정을 한다면 천마성은 약속을 지킬 확률이 높다고 볼 수도 있었다.

빠득.

'제길……'

이에 진백운은 속으로 욕을 내뱉으며, 자신의 어금니를 강하게 깨물었다.

이러지도 저러지도 못하는 상황이다.

그야말로 외통수.

진백운은 또다시 자신의 앞에 펼쳐진 선택지에 마치 머리가 부서질 것만 같은 기분을 느꼈다.

그렇게 진백운이 고민에 휩싸인 채로 어떠한 결정도 내리지 못하고 있을 때였다.

한 줄기의 목소리가 진백운의 귓가로 파고들었다.

"진 소협."

조용히 진백운의 이름을 부르는 사내.

그는 바로 조문이었다.

"네?"

그 목소리에 진백운은 고개를 돌려 잠시 조문을 바라봤다.

허공에서 마주치는 두 사람의 눈빛.

이내 조문은 진백운을 향해 질문 하나를 던졌다.

"잠원마공은 괴인을 만드는 마공이랬지요?"

"그렇소."

조문의 물음에 진백운은 고개를 끄덕이며 답했다.

잠원마공은 천마성의 무공, 양무철이나 질풍대주 같은 괴인들을 생산해 내는 마공이었다.

진백운의 대답을 들은 조문이 다시 물었다.

"그리고 진 소협은 잠원마공을 익혔다고 했지요?"

"그렇소."

정확하게 말하면 극복한 것이지만, 익힌 것도 사실이었기에 진백운은 순순히 고개를 끄덕였다.

그러는 사이, 조문의 질문이 다시 이어졌다.

"그럼 저들은 진 소협을 괴인으로 만들려는 겁니까?"

"음."

이번에는 진백운이 잠시 대답을 미루었다.

확언할 수 없었던 까닭이다.

잠원마공은 확실히 괴인을 만드는 마공이었고, 자신이 잠원마공을 익히고 있다는 가정을 세운다면, 천마성은 자신을 괴인으로 만들고자 할 확률이 높았다.

　그러나 자신의 목숨을 요구하는 천마성의 지금의 태도에 진백운은 천마성이 원하는 게 도대체 무엇인지 종잡을 수 없었던 것이다.

　얼마나 시간이 지났을까, 잠시 생각을 정리하던 진백운이 천천히 입을 열기 시작했다.

　"그건 잘 모르겠소. 만일 내가 저들이라면 잠원마공을 익힌 날 괴인으로 만들려 할 것 같소만, 지금 저들의 태도를 통해선 도저히 그 속을 알 수가 없으니 말이오."

　"……."

　진백운의 대답을 들은 조문은 무엇을 생각 중인지 잠시 동안 아무 말이 없었다.

　하지만 그 순간은 딱히 길지 않은 시간이었다.

　그리고 이내 조문의 입은 다시 열리기 시작했다.

　"제 생각은 이렇습니다. 일단 제가 듣기로 괴인의 특징은 강시와 매우 흡사하다 하였습니다. 그렇다면 이렇게 생각해보는 건 어떨까요? 괴인이 되기 위해서는 일단 죽어야 되는 것이지요."

　"하지만 그러기엔……."

　조문의 의견은 쉽게 동의하기 힘든 것이었다.

　물론 잠원마공을 이용해 천마성이 만들어낸 괴인들은 조문의 말처럼 강시의 특징을 고스란히 가지고 있다.

문제는 강시와는 달리 괴인들은 온전한 자아를 가지고 있었고, 단순한 동작만 가능한 강시와는 달리 무공까지 쓸 수 있는 존재라는 점이었다.

이런 진백운의 생각과는 달리 조문은 계속해서 자신의 의견을 밀고 나갔다.

"물론 이는 단지 가정일 뿐입니다. 하지만 진 소협 생각해 보십시오. 저들이 원하는 게 진 소협의 죽음뿐이었다면, 굳이 진 소협에게 잠원마공을 익혔냐는 사실을 물어볼 필요는 없었을 것입니다. 아니 그렇습니까?"

"?!"

그 말에 진백운의 눈빛이 변하기 시작했다.

확실히 일리가 있는 말이었기 때문이다.

조문의 말대로 천마성에서 원하는 것이 단순히 자신의 목숨이었다면, 잠원마공을 익혔냐고 물어볼 필요는 없었다.

'그리고 이렇게 자신들이 유리한 상황에서 제안을 건넬 필요도 없었겠지……'

더군다나 이곳은 천마성이다.

즉, 마의 하늘인 천마가 이곳 어딘가에 있을 터. 아무리 마영혈권을 이겼다지만, 천마가 있는 이곳에서 자신의 무공을 두려워해 싸움을 회피한다는 건 그야말로 어불성설인 일이었다.

‘조 무사의 말대로 괴인이 되기 위해선 일단 죽어야 되는 것이라면…….’

지금 자신에게 주어진 혈화마녀의 제안은 자신을 양무철과 같은 잠원마인으로 만드는 가장 쉬운 방법이라 할 수 있을 것이다.

이렇게 시간이 흐를수록 진백운은 점점 조문의 의견 쪽으로 무게추가 기우는 느낌을 받았다.

그리고 그런 진백운을 향해 조문은 마지막으로 자신의 의견에 힘을 보태는 말을 내뱉었다.

“진 소협, 만약 소협께서 괴인이 된다면 이 자리에 소협을 막을 인물은 아무도 없을 것입니다.”

“?!”

순간, 진백운은 복잡하게 꼬여 있던 머릿속이 한순간에 밝아지는 것을 느꼈다.

‘결국 그랬던 건가…….’

머릿속으로 빠르게 생각을 정리한 진백운은 이내 고개를 돌려 어딘가를 응시하기 시작했다.

진백운의 시선이 머무는 곳, 그곳에는 한 사내가 서 있었다.

백리휘명이다.

‘제령종…….’

일전에 질풍대주를 통해 이미 제령종의 존재를 알게 된 진백운이다. 그리고 이와 더불어 조문의 의견을 통해 혈화마녀의 속셈을 간파할 수 있었다.

일행들의 말처럼 혈화마녀는 처음부터 약속을 지킬 생각이 없었던 것이다. 아니, 빌어먹게도 그녀는 괴인으로 변할 자신을 이용할 생각까지 했다.

'아마, 그녀는 내 손을 빌어 일행들을 죽였겠지.'

그 비열함이 마치 독사와도 같았다.

'미안하지만, 그건 너희의 헛된 바람이었을 뿐이다.'

어차피 잠원마공을 극복한 자신이다.

애초부터 괴인이 될 수 없는 자신이었고, 그렇기 때문에 천마성은 그들이 원하는 그 어떤 것도 얻지 못할 운명이었던 것이다.

*　　　　*　　　　*

진백운의 결정은 더디게 진행되었고, 그럴수록 사마란의 이마는 구겨지기 시작했다.

"할 거야, 말 거야?"

마음에 안 든다는 목소리로 사마란이 진백운을 다시 한 번 재촉했다.

"……."

하지만 진백운은 여전히 대답이 없었다.

사실 그녀의 제안을 이미 거절하기로 마음먹은 진백운이었지만, 굳이 지금 당장에 자신이 내린 결정을 입 밖으로 낼 필요는 없어 보였던 것이다.

더군다나 혈화마녀의 목적이 자신을 괴인으로 만드는 것이고 스스로가 목숨을 끊길 바라는 것이라면, 좀 더 시간을 끈다 할지라도 사마란은 기다릴 수밖에 없는 입장이었다.

"그렇게 고민해 봤자, 결국 답은 정해져 있을 뿐이야."

역시나 사마란은 재촉만 할 뿐, 자신이 결정을 내려주길 기다리는 듯 별다른 행동은 보이지 않았다.

'연 소저를 구할 방법만 생각하자.'

시간을 번 진백운은 머릿속에 다양한 그림들을 그려갔다. 하지만, 백리연을 구하는 건 말처럼 쉬운 일이 아니었다.

자신이 제안을 거절하는 순간, 사마란은 백리연의 목숨을 취하라는 명령을 백리휘명에게 내릴 것이다.

그렇다면 결국 문제는 속도였다.

백리연의 목에는 이미 그의 검이 겨눠져 있었고, 만약 진백운이 백리휘명보다 늦는다면 백리연의 목은 땅으로 떨어질 수밖에 없었다.

'가능할까?'

진백운은 속으로 가능성에 대해 점쳐봤다.

하지만, 백리휘명은 한평생 추성검법이란 쾌검을 익혀왔던 사람이다. 거리가 거리인만큼 그보다 빠를 것이라 쉽사리 장담할 수가 없었다.

"휴우."

순간, 진백운은 짧은 한숨을 토해냈다.

지금 아무리 가능성을 점쳐봤자, 아무런 의미가 없다는 사실을 깨달았기 때문이다.

선택지가 하나밖에 없는 이상, 자신은 그리 할 수밖에 없었고, 그렇다면 반드시 해내는 수밖에 답이 없었다.

결국 불가능한 일을 가능하게 바꾸는 게 진백운의 역할이라 할 수 있었다.

'천살기공.'

속으로 뇌까리며 진백운은 체내에 맴돌고 있는 천살기공을 전신으로 흩뜨리기 시작했다.

사지백해로 흐르는 천살기공, 그 무한한 힘을 느끼며 진백운은 서서히 자신의 단전을 개방했다.

푸화악.

은은히 피어오르는 짙은 살기.

보통의 무림인이 내력을 개방한다면 그 강대한 기운이 상대에게 전달되겠지만, 진백운의 천살기공은 오히려 그 반대다.

마치 내공을 익히지 않은 사람처럼, 아무런 기운도 느껴지지 않는다.

이른바 살수로서 정점에 오른 경지인 셈이다.

"미안하지만, 내 대답은……."

이윽고 천살기공을 완전히 개방한 진백운은 드디어 사마란을 향해 입을 열기 시작했다.

그는 계속해서 말을 이어 나갔다.

"불가(不可)."

그리고 그 순간이다.

<u>스스스</u>.

천살귀영신법을 펼친 진백운의 신형은 한순간에 자취를 감추며 사라졌다.

짤랑, 짤랑.

"이런! 어서 그년의 목을 쳐!"

진백운의 행동에 놀란 사마란이 황급히 제령종을 흔들며 백리휘명을 향해 명령을 내렸다.

＊　　　＊　　　＊

짤랑, 짤랑.

멸혼검주 백리휘명은 정말이지 저 소리가 너무나도 싫었다. 하지만 피할 수 없는 소리였고, 이미 귓가에 소리가 들린 이상 자신은 반드시 명령에 따라야만 했다.

평소에는 모든 이성과 기억을 갖추고 있었지만, 제령종의 명령이 떨어질 때면 갖고 있던 자아의 기억들은 마치 파도에 밀려나듯 뒤로 물러설 수밖에 없었다.

지금도 마찬가지다.

'제발 그 명령만은……'

백리휘명은 속으로 피눈물을 흘려야만 했다.

어찌 하나밖에 없는 딸을 자신의 손으로 죽일 수 있단 말인가. 그것은 그의 결정이 아니었고 천륜을 거스르는 짓이었지만, 연신 울려대는 제령종 앞에서 자신의 결정과 천륜은 부질없는 것이었다.

'아아… 안 돼……'

이내 거부할 수 없는 거센 파도가 그를 향해 밀려오기 시작했고, 백리휘명은 자신을 파멸로 이끌 물살을 억지로 버티며 대항하기 시작했다.

하지만 그의 노력은 수포로 돌아갔다. 애초에 그가 버틸 수 있는 힘이 아니었던 까닭이다.

잠원마공은 희대의 마공, 십 년 동안이나 이 마공을 익혀왔던 백리휘명으로서는 제령종의 명령을 거부할 힘이 없었던 것이다.

'아아… 결국 마공에 굴복해야만 하는가……'

그는 깊은 탄식을 내뱉었다.

무림을 지키는 영웅은 바라지도 않는다. 그저 여식의 목숨을 지킬 아버지로서 응당 지켜야 할 도리를 다하고 싶다는 게 그렇게도 큰 욕심일까. 조금 있으면 자신의 핏줄을 직접 죽일 수밖에 없는 가혹한 운명에 그는 몸서리를 칠 수밖에 없었다.

그리고 그것이 그가 할 수 있는 유일한 일이었다.

'미안하구나, 연아……'

거센 힘에 부딪혀 점점 밀려나는 자신을 느끼며 백리휘명은 백리연을 향해 씻을 수 없는 죄에 대한 용서를 구했다.

그런데 바로 그때였다.

벼락같이 울리는 또 다른 소리에 백리휘명은 미약하나마 다시금 이성의 끈을 붙잡을 수 있었다.

일체유심조(一切唯心造)!

언젠가 들은 적이 있는 말이다.

모든 것은 마음이 만들어내는 법, 그렇기에 이 세상엔 정(淨)도 부정(不淨)도 없다고 했었다.

순간, 백리휘명은 이 말을 누구에게서 들었는지 기억해 낼 수 있었다.

‘진백운……’

잠시 그는 떠올린 이의 이름을 뇌까렸다.

옛 친구의 아들, 은혜를 갚으러 왔다는 진백운은 자신의 친구만큼이나 올곧은 사내였다.

비록 살수의 일을 하고 있으나 그 누구보다 올곧은 자. 세인들은 그를 하늘도 죽이는 자라고 불렀지만, 사실 천살인 그는 하늘을 대신해 죽이는 자가 옳은 표현이란 생각이 들었다.

그리고 그는 마공을 익힌 자신을 향해 이렇게 말했었다.

정(正)과 마(魔)를 구분 짓는 건 무공이 아닌 인간이라 배웠습니다. 그럼 감히 묻겠습니다. 가주님께선 마인(魔人)이십니까, 정인(正人)이십니까?

그는 무인을 판단하는 기준에 대해 자신에게 얘기했다. 그리고 분명 자신은 그 물음에 대해 이렇게 대답해 주었다.

나는 앞으로도 정인(正人)이고 싶고, 죽는 그 순간까지 그러고 싶다네.

‘그래, 나는 분명 그렇게 말했었다.’

그렇다면 이렇게 굴복해서는 안 되었다.

비록 마공을 익혔고 그 저주를 벗어날 수는 없을지라도, 적어도 지금만큼은 딸을 지키는 아버지로서, 정(正)을 추구하는 사람으로서 힘을 더 내어야만 했다.

빠득.

밀려드는 제령종의 힘을 견뎌내며 백리휘명은 자신의 어금니를 강하게 깨물었다.

물론 애초부터 오래 버티는 건 역부족이었다. 하지만 지금 하는 일이 결코 헛된 노력이 아님을 알고 있었기에 모든 힘을 다해 버티고 또 버틸 뿐이다.

'뒷일을 부탁하네.'

그러면서 백리휘명은 자신의 마지막 바람이 진백운에게 닿게 되기를 간절한 마음으로 기원했다.

*　　　*　　　*

멈칫.

그것은 아주 짧은 시간이었다.

무슨 일인지 백리연의 목을 치기 위해 들어 올려진 멸혼검주의 팔은 허공에서 잠시 멈추었고, 그 찰나의 시간은 진백운에게 천금보다 값진 시간이 되었다.

천살수라검(天殺修羅劍) 제일식 천살풍(天殺風).

극성으로 천살귀영신법을 전개하며 진백운은 멸혼검주를 향해 빛살 같은 속도로 천살풍을 날렸다.

천살풍은 극쾌의 초식.

순간적인 틈을 파고든 천살풍은 삽시간에 멸혼검주의 어깨에 작렬했고, 덕분에 멸혼검주와 백리연 사이에 충분한 간격이 형성될 수 있었다.

진백운이 그 틈을 놓칠 리가 없다.

스스스.

어느새 모습을 드러낸 진백운은 백리연을 안아 들고 있었다.

"진 소협……."

눈물이 가득 맺힌 눈동자로 백리연이 진백운을 올려 보며 그의 이름을 불렀다.

"오랜만이오, 연 소저."

그리고 그런 그녀를 향해 진백운은 자상한 미소로 인사를 건네주었다.

그토록 보고 싶었던 미소였던 탓일까, 울먹이는 목소리로 백리연은 진백운을 향해 말했다.

“돌아오셨군요······.”

“소저가 말하지 않았소, 거자필반이라고.”

떠난 사람은 반드시 돌아오는 법, 진백운은 단지 그녀와의 약속을 지켰을 뿐이었다.

“고마워요.”

백리연이 고마운 마음을 솔직하게 표현했다.

이에 진백운은 다시 한 번 자상한 미소를 그녀에게 보내주었다.

하지만 그들의 해후를 방해하는 움직임이 있었다.

파아앙.

두 사람을 노린 혈화마녀의 강한 장력(掌力)이 쏜살같은 속도로 밀려들었다.

“홍.”

비록 백리연을 안은 상태이지만, 피하지 못할 공격은 아니었기에 진백운은 가소로운 눈빛으로 날아오는 장력을 노려보았다.

스스스.

그리고 이내 다시 전개되는 천살귀영신법.

순식간에 사라진 진백운의 신형 탓에, 그녀의 장력은 애꿎은 멸혼검주에게로 날아가 부딪쳤고, 덕분에 멸혼검주의 신형은 다시 한 번 허공을 뒹굴 수밖에 없었다.

스스스.

진백운의 신형이 다시 나타난 곳은 일행들의 중심이 되는 곳이었다.

"설 수 있겠소?"

걱정스런 목소리로 진백운이 백리연을 향해 물었다.

"네, 괜찮아요."

백리연이 고개를 끄덕이며 걱정 말라는 의사를 전달했다.

이에 진백운은 품에 안고 있던 백리연을 조심스럽게 지면으로 내려주었다.

"아가씨!"

어느새 다가온 조문이 주체하지 못할 만큼 기쁜 목소리로 백리연을 불렀다.

"많이 걱정하셨죠?"

이를 말이겠는가, 백리연이 납치당한 이후로 그녀에 대한 걱정에 뜬눈으로 밤을 보내야만 했던 조문이다.

'이번만큼은 기필코.'

백리연의 물음에 고개를 끄덕이며 조문은 속으로 굳은 각오를 다졌다.

호위무사로서의 본분을 다하리라, 이번만큼은 목숨을 바쳐서 그녀를 지키리라 다짐하는 그였다.

물론 이곳은 적지 한복판, 상황도 그리 좋지 못하다. 자신을 포위하고 있는 적들은 하나하나가 자신보다 강한 자들이었다. 하지만 백리연을 위해서라면 그곳이 설령 지옥이라도 싸울 것이다.

그것이 마땅히 해내야 하는 것이 자신의 역할이었으니까.

"무량수불, 이제 다시 시작되겠군요."

진백운의 곁으로 다가서며 무진이 낮은 도호를 읊조렸다. 장내가 술렁이고 있었고, 천마성의 무사들은 저마다 모두 흉흉한 기세를 가득 품은 채, 상관의 명령이 떨어지길 기다리고 있는 중이었다.

일촉즉발의 상황, 장내에는 짙은 긴장감이 잔뜩 깔려 있었다.

"훗."

하지만 진백운은 가벼운 미소를 지어 보였다.

이미 가장 어려웠던 목표를 달성한 상황이다. 백리연을 구해낸 이상, 그에게 두려울 건 아무것도 없었다.

천마성의 무사들, 절대십마들. 물론 강한 자들이었고, 확실히 전력 면에서 열세한 쪽은 자신과 일행들이다. 하지만, 이건 객관적인 전력만 비교했기 때문이다.

저들은 진백운이 얼마나 강한지 모른다.

마영혈권을 이겼다는 정보를 바탕으로 진백운의 무위를

추정했겠지만, 사실 진백운은 이미 그들의 예상을 훨씬 뛰어넘고 있었던 것이다.

왜 천살이 천하제일의 살수인지 보여줄 필요가 있었다.

'반격개시다, 이놈들아.'

미소를 지은 진백운은 여유로운 눈빛으로 천마성의 마인들을 훑어보기 시작했다.

＊　　　＊　　　＊

"결국 실패로군."

착.

자신의 부채를 접어 보이며 사마란에게 다가간 적우군사가 그녀를 향해 말을 꺼냈다.

"……."

사마란은 아무 말이 없었다.

그러나 적우군사는 지금 그녀가 얼마나 분노하고 있는지 느낄 수 있었다.

'뜻대로 안 된 건 이번이 처음일 테지.'

지금까지 혈화마녀는 갖고 싶은 건 가진 여자였고, 한 번도 실패한 경험이 없었다.

하지만 지금 이 순간, 그녀는 실패했고 그토록 원하던 진백운을 놓쳐야만 했다.

더군다나 준비했던 백리연이란 패마저 사라졌으니, 그녀가 느끼고 있을 분노가 얼마나 클지는 굳이 물어보지 않아도 알 수가 있었다.

어찌됐든 이제부터는 경쟁의 시작일 뿐이다.

이미 약속한 대로 힘을 합칠 것이고, 진백운의 심장에 칼을 꽂는 자가 그를 가지게 될 것이다.

"이제 선택지는 하나밖에 없는 것 같은데?"

적우군사가 다시 사마란을 향해 말했다.

"쳇."

이에 사마란의 입에서 불평스런 목소리가 튀어 나왔다.

군사의 말대로 이미 자신이 준비한 패는 실패했고, 선택지는 총력전을 기울이는 방법밖에 남지 않았던 것이다.

"그래요, 더 이상 시간을 줄 필요는 없겠죠?"

"크크, 당연하지 않겠나?"

사마란의 말에 적우군사는 스산한 미소를 가득 지은 채, 고개를 끄덕여 보였다.

속전속결로 끝내야 한다.

이때까지 지켜본 결과 진백운은 어디로 튈지 모르는 자였고, 그런 인물에게 시간을 주는 것만큼 어리석은 짓도 없었던 것이다.

"염화도제와 승천칠성은 어떻게 할 거죠?"

사마란의 질문이었다.

이곳에 진백운은 혼자 온 게 아니었고, 때문에 그를 잡기 위해 준비한 병력이 분산되는 건 어쩔 수 없는 일이었다.

"음."

착.

사마란의 질문에 적우군사는 접었던 부채를 다시 폈다.

과연 그녀의 말대로 진백운과 함께 온 인물들이 만만치 않았던 까닭이다.

특히나 절대사제인 염화도제의 존재는 껄끄럽기 그지없었다. 그 순수한 무력이 자신들과 동수를 이룸은 물론이고, 그가 사용하는 무공에 멸혼검주와 암룡창제는 무용지물이라 할 수 있었다.

"두 분께 염화도제를 부탁하겠습니다."

잠시 후, 적우군사는 등을 돌려 뒤에 서 있던 두 사람을 향해 입을 열었다.

"그렇게 함세."

"걱정 말아요."

적우군사의 말을 들은 남만독왕(南蠻毒王)과 천산빙녀(天山氷女)가 시원하게 그 제안을 받아들였다.

절대십마와 항상 비견되는 절대사제다. 가뜩이나 이를 못

마땅하게 생각하던 두 사람에게 염화도제는 최고의 사냥감이었던 것이다.

"나머지는 백면귀와 함께 잠원마인들이 상대하면 되겠지."

승천칠성이 아무리 셋이나 모여 있다고 해도 암룡창제와 백면귀라면 충분히 제압할 수 있을 터였다.

이내 적우군사는 제령종을 흔들어 암룡창제를 향해 명령을 내린 뒤, 백면귀들을 함께 보냈다.

"흐흐, 그럼 노부는 자동으로 천살이로구먼?"

까끌까끌한 목소리의 사내는 한쪽 다리를 걸어 올리고 있었다. 파성마각(破聲魔脚), 마영혈권과 함께 동수를 이룬다는 그가 눈빛을 빛내며 사마란을 향해 말한 것이다.

"호호호, 부탁드릴게요."

사마란이 고개를 끄덕이며 그에게 말했다.

아무리 진백운이 탈혼마검과 청홍쌍동, 그리고 마영혈권까지 제압했다고 하나, 자신들에 비할 바는 아니었다. 솔직히 마영혈권을 제외한다면 탈혼마검과 청홍쌍동은 언제든 죽일 수 있다고 장담하는 그녀였기 때문이다.

"마각께서 힘을 보태주신다면 충분하고도 남겠지요."

적우군사도 사마란과 같은 생각을 하고 있었다.

자신과 혈화마녀, 거기에 파성마각의 힘이라면 진백운을

잡기에는 넘치고도 남을 만한 힘이었다. 사실, 이렇게 힘을 합친다는 게 그리 썩 마음에 드는 일은 아니었지만, 굳이 쓸데없는 자존심을 지키는 것보단 되도록 실리를 추구하는 게 옳은 일이었다.

두 사람의 대답에 파성마각은 누런 이를 드러내며 미소를 지어 보였다.

"흐흐, 이를 말이겠는가? 안 그래도 좀이 쑤셨던 차였네."

한 차례 호탕한 목소리로 자신감을 표출한 그의 눈빛은 이내 진백운을 향했다.

"혈화, 약속을 잊지 마라. 천살의 심장을 뚫는 자가 그를 가지는 것이다."

적우군사가 혈화마녀를 향해 다시 한 번 약속을 상기시켰다. 이에 혈화마녀는 매혹적인 미소를 한껏 지어 보이며 그 말을 받아쳤다.

"오히려 제가 하고 싶은 말이네요, 그건."

"후후, 그럼 이제 남은 건 하나밖에 없겠군."

그 말에 사마란의 눈빛이 번뜩였다.

그리고 이내 진백운을 향해 시선을 돌린 그녀는 천천히 입을 열어 나갔다.

"좋아요, 가요."

그 말이 끝이었다.

절대십마 중에서도 상위에 앉아 있는 존재들이 드디어 그 몸을 움직인 것이다. 이내 혈화마녀, 적우군사, 파성마각 세 사람의 발걸음이 진백운을 향해 나아가기 시작했다.

*   *   *

절대십마와 절대사제.

그들은 정과 마를 대표하는 고수이자, 서로가 서로를 인정하는 동시에 오랜 세월 서로의 목숨을 호시탐탐 노리고 있었다.

"염화도제를 이렇게 만날 수 있다니 반갑기 그지없네요. 호호호."

천산빙녀가 지강수를 향해 먼저 입을 열었다.

"흥, 본인은 마인 따위가 반가워할 대상이 아니다. 두려움이라면 모를까."

지강수는 그 말을 경멸 섞인 어투로 받았다.

"흐흐. 실력이 될 줄 모르겠소이다, 도제."

이에 천산빙녀 옆에 서 있던 남만독왕이 지강수를 향해 이죽거리며 말했다.

그렇게 마치 물과 기름처럼 섞일 수 없는 그들이었고, 긴 대화는 굳이 필요하지 않아 보였다.

화르륵.

순간, 지강수의 도에서 뜨거운 열기가 이글거리기 시작했다.

"내 도면 충분할 걸세."

실력이란 결과로 증명하는 것이다.

지강수는 백 마디 말보다는 이편이 자신의 실력을 증명하는 길이란 걸 알았다.

"호호호, 과연 소문대로 무공만큼이나 성격도 급하시네요."

불같은 지강수의 성격을 꼬집으며 그를 자극하는 천산빙녀였다. 하지만, 격장지계란 본디 하수나 쓰는 방법이다. 지강수는 무림맹을 이끄는 수뇌이자 절대사제의 한 사람이었고, 그런 그에게 이따위 얄팍한 수가 통할 리 없었다.

후아아앙.

"헛!"

문답무용, 도무지 말을 섞을 필요성을 느끼지 못한 지강수는 빠르게 그녀를 향해 달려가 도를 내리 그었고, 때문에 천산빙녀는 순간적으로 헛바람을 집어삼킬 수밖에 없었다.

하지만, 안타깝게도 지강수의 적은 천산빙녀 한 사람만이 아니었다.

만독장, 독기를 가득 머금은 남만독왕의 손바닥에 지강수는 천산빙녀를 향해 긋던 도의 방향을 황급히 비틀어 그의 공격을 막아야만 했다.

카아앙.

두 사람의 기운이 충돌하며 요란한 소리를 울렸다.

그리고 그 소리가 바로 후에 벌어질 싸움을 본격적으로 알리는 신호탄이었다.

캉, 캉, 캉, 캉.

이내 지강수의 도가 어지럽게 움직였으며, 이에 맞춰 천산빙녀와 남만독왕의 신형 또한 바빠지기 시작했다.

*　　　*　　　*

전장의 상황은 급박하게 돌아갔다.

천산빙녀와 남만독왕이 지강수에게 붙었듯이, 무진을 비롯한 일행들의 주위에는 또 다른 존재들이 다가오기 시작했다.

"……."

다가오는 이들을 바라보는 일행들의 눈빛이 세차게 흔들렸다.

한때는 그들도 자신들의 가족이었으며, 동료였고, 함께 정의를 외쳐대던 이였다.

"무량수불……."

질풍대주 강일을 바라보며, 무진은 낮은 목소리로 연신 도호를 읊조렸다.

그러면서 그는 들고 있는 자신의 검을 바라봤다.

'과연 내가 벨 수 있을까?'

마음속에 번민이 찾아왔다.

무당산을 피로 물든 이가 강일이란 사실을 알게 된 지금, 강일과 자신은 불구대천(不俱戴天 : 같은 하늘을 지고 살 수 없음)의 원수였지만, 동시에 잠원마인이 된 강일, 그 기구한 운명에 짙은 연민이 느껴졌던 까닭이다.

한편, 백리연에게 찾아온 번민은 무진보다 더했으면 더했지 결코 못하진 않았다.

"아버지……."

그녀는 슬픈 눈빛으로 다가오는 백리휘명을 바라보았다.

사마란의 명령에 자신을 죽이려 했음에도 불구하고 그는 여전히 자신의 하나뿐인 아버지, 때문에 그런 그를 향해 차마 검을 들어 올릴 수 없는 그녀였다.

스윽.

조문이 그런 백리연의 앞을 막아섰다.

"무리하지 마십시오, 아가씨."

누구보다 지금 백리연이 느끼는 감정을 아는 그이기에 내뱉은 배려의 말이었다. 어찌 부녀가 서로를 향해 검을 겨눌 수 있겠는가. 이곳은 지옥이었고, 그렇기에 조문은 지옥 같은 이곳에서 백리연을 구해주고 싶을 뿐이었다.

"아니에요."

하지만 조문의 말을 들은 백리연은 고개를 가로저으며 자신의 검을 들어 올렸다.

무엇이 더 중요한지는 이미 알고 있는 그녀였다. 다만, 잠시 망설였을 뿐이다. 지금 이 순간, 아버지는 분명한 자신의 적이었고, 지금 저 모습은 아버지가 원하는 모습이 아니었다.

마인이 된 백리휘명을 구하는 유일한 방법은 검을 들어 올리는 것, 망설이지 않고 그에 맞서 싸우는 것이다.

'분명 그러실 거야……'

백리연은 백리휘명의 두 눈을 바라봤다. 아무런 감정이 느껴지지 않는 눈동자다. 하지만 그녀는 그 눈동자에서 이루 말할 수 없는 슬픔을 느꼈다.

꽈악.

이에 절로 검을 잡은 두 손에 힘이 들어가는 백리연이었다.

앞서 두 사람이 감정에 휘둘려 망설인 것과는 달리 유진명은 이성적인 판단 때문에 싸움을 망설일 수밖에 없었다.

"음……."

그는 낮은 침음을 한 차례 삼켰다.

암룡창제 임유청. 한때는 무림으로부터 칭송받던 절대사

제였으나, 지금은 마인이 되어버린 기구한 운명의 사내이다.

하지만 그의 무위(武威)는 여전히 건재하다.

불과 얼마 전만 해도 유진명은 암룡창제를 이길 수 없었고, 그것은 지금도 마찬가지였다.

일행들과 함께 있다곤 하지만 암룡창제의 무공은 이지 초절정. 쉽게 승부를 점칠 수 없었고 굳이 점쳐보면 이쪽의 절대적인 필패였다.

결국, 문제는 시간이다.

진백운과 염화도제가 이곳으로 올 수 있을 때까지, 아니면 무림맹 본단이 도착할 때까지 어떻게든 버티는 것만이 그와 일행들이 할 수 있는 유일한 일이었다.

그렇게 얼마나 시간이 지났을까.

"미안하군."

어느새 다가온 암룡창제는 유진명을 향해 입을 열었다.

"아닙니다, 충분히 창제의 심정을 이해하고 있습니다. 다만, 하필이면 창제라는 사실이 안타까울 뿐입니다."

"나도 그렇다네. 이럴 줄 알았으면, 무공을 익히지 않았을 텐데……."

무공에 대한 과도한 욕심이 결국 이런 결과를 만들었다. 설마 자신의 존재가 절대십마만큼이나 무림맹에 해가 될 줄은 몰랐기에 말을 내뱉는 그의 목소리엔 짙은 후회가 가득했다.

유진명이 그런 그를 향해 말을 이었다.

"시간을 돌릴 순 없지 않습니까."

이에 암룡창제는 고개가 위아래로 끄덕였다.

그의 말처럼 돌릴 수 없는 시간이고, 그것은 다시는 주워 담을 수 없는 물과도 같았다.

결국 후회는 이미 늦은 것, 앞으로의 희망에 기대는 것만이 그들이 할 수 있는 유일한 것이었다.

이내, 암룡창제는 유진명을 향해 말했다.

"부디 나를 막을 수 있길 바라네."

"……."

유진명은 말없이 고개를 끄덕였다.

자신도 바라는 바였지만, 그렇기엔 암룡창제의 무위가 너무도 높았던 까닭이다.

하지만, 그를 막지 못한다면 모든 건 끝장이다.

'적어도 시간은 끌어야 한다…….'

유진명은 속으로 각오를 다졌다.

꽈악.

그리고 이내, 굳은 각오만큼이나 검을 세차게 움켜잡는 유진명과 일행들이었다.

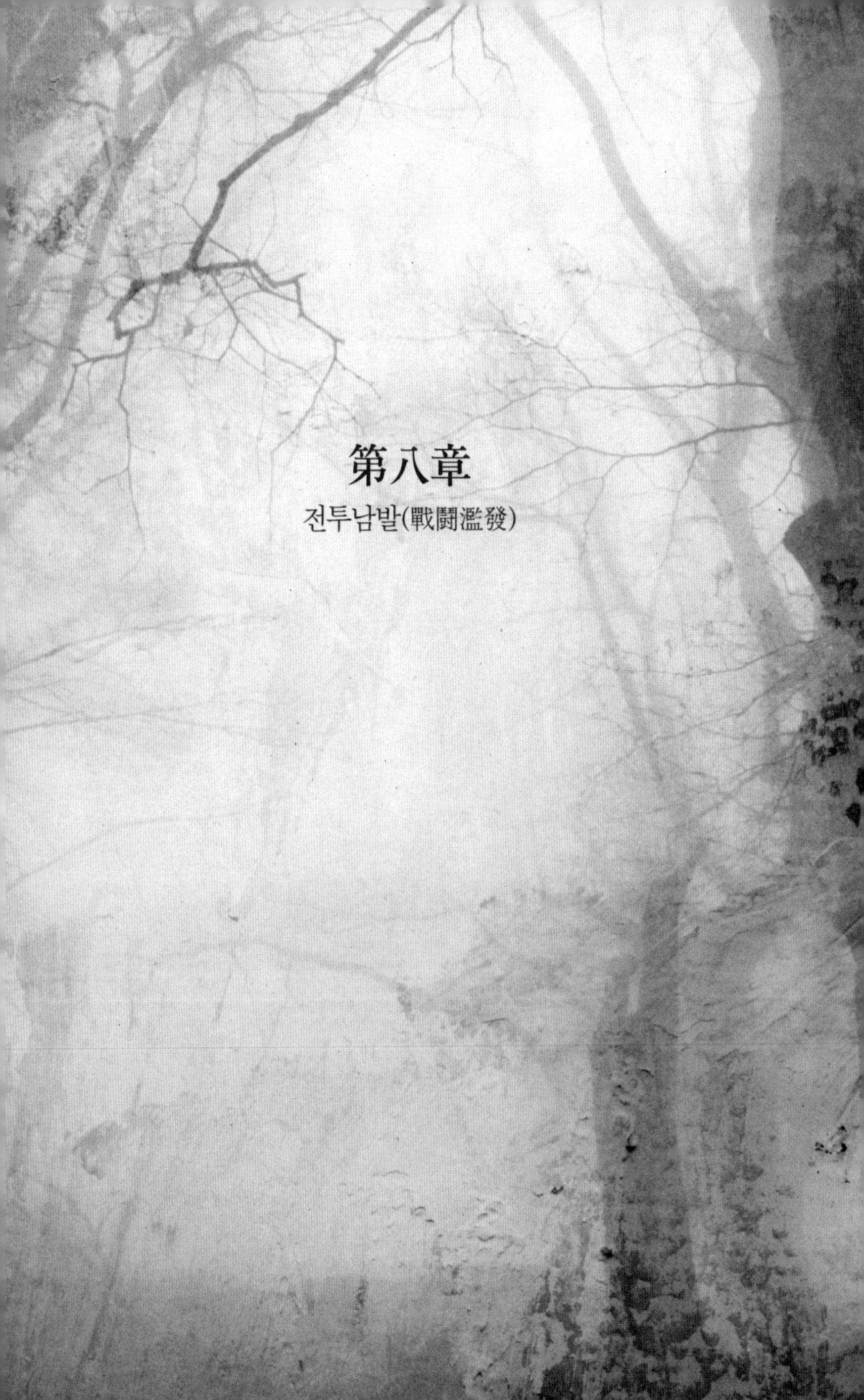

第八章

전투남발(戰鬪濫發)

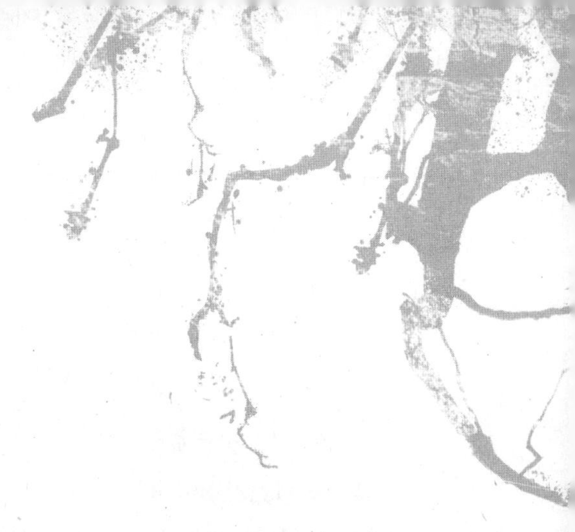

"자, 그럼 어디 천살의 실력을 견식해 볼까?"

입가에 여유로운 호선을 그리며 파성마각은 진백운을 향해 말했다. 그러나 깊이 가라앉은 그의 눈동자다. 여유롭게 말을 내뱉으면서도 그의 시선은 진백운의 빈틈을 찾기 위해 바쁘게 움직이고 있었다.

그것은 비단 파성마각뿐만이 아니었다.

적우군사는 부채를 들어 올려 진백운을 겨누고 있는 중이었다.

'무슨 틈이……'

그러나 진백운을 탐색하던 적우군사의 속마음은 실로 당황스럽기 그지없었다.

이건 틈이 많아도 너무 많았다.

마치 머리부터 발끝까지 요혈 곳곳을 내어주기라도 하는 듯 진백운의 전신은 빈틈투성이였고, 오히려 그 때문에 섣불리 공격을 감행할 수 없는 적우군사였다.

'그녀도 마찬가지겠지.'

적우군사는 슬쩍 고개를 돌려 사마란을 바라봤다.

아마 그녀도 자신과 같은 생각을 하고 있으리라. 그렇기에 지금까지 움직이지 않고 있을 것이고. 이는 파성마각도 별반 다를 바는 없어 보였다.

"훗."

그렇게 세 사람의 절대십마가 당황스런 마음을 감추며 머뭇거리자, 진백운은 옅은 웃음을 터뜨리며 세 사람을 자극했다.

"금방이라도 죽일 듯하더니, 허풍이었나 보군."

누가 들어도 격장지계의 수법이었고, 그 말에 격분할 만큼 허술한 절대십마가 아니었다.

문제는 진백운의 외모와 나이였다.

비록 움직이진 않았지만 새파란 애송이가 던지는 자극은 그냥 참아주기에는 힘든 것이었다.

결국 사마란이 진백운의 말을 받아쳤다.

"감히, 어디서……."

하지만, 그녀의 말은 계속 이어질 수 없었다.

쉬이익.

"헉!"

순간적인 틈을 놓치지 않은 진백운이 그녀에게 천살풍을 발출했던 것이다. 극의에 이른 쾌검, 그 속도에 놀란 사마란의 입에서 절로 헛바람이 튀어져 나왔다.

그리고 진백운의 천살풍을 시작으로 이내 네 사람의 몸이 한데 엉켜들기 시작했다.

콰아아앙.

엄청난 기운들이 서로 충돌하며 주변을 초토화로 만들었고, 그 탓에 주변에 있던 천마성 무사들이 허겁지겁 자리를 피하기 시작했다.

실제로 드러낸 혈화마녀, 적우군사, 그리고 파성마각의 무위는 엄청났다. 혈화마녀의 장력은 음습하고도 악랄했으며, 적우군사의 부채는 현란하기 짝이 없었다.

그뿐인가, 두 사람의 합공에 발 맞춰 파성마각의 강철 같은 다리가 시시때때로 진백운을 괴롭히고 있었다.

스스스스.

진백운은 천살귀영신법을 펼치며 그들의 공격을 이리저리

피해갔다.

절대십마들의 공격이 위협적이긴 하지만, 쉽게 당할 진백운도 아니었던 것이다.

특히나 천살귀영신법을 운용함에 있어 비약적인 발전을 거듭한 진백운이다. 귀신이 그림자가 없듯이 진백운의 신형은 도무지 그 종적을 예측하기 힘들었다.

"협!"

등 뒤에서 별안간 나타난 진백운의 신형에 황급히 놀란 적우군사가 절로 헛바람을 들이켰다.

"이놈!"

"칫!"

다행히 파성마각의 방해로 출수를 하지 못한 진백운이지만, 한순간 배후를 잡힌 적우군사의 입장에선 간담이 서늘해지는 건 어쩔 수 없는 것이었다.

스스스.

파성마각의 공격을 피한 진백운의 신형은 그들과 멀찌감치 떨어진 곳에서 그 모습을 드러냈다.

"훗."

그리고 여유로운 미소를 그들에게 지어준다.

"저 자식이……."

빠득.

그 미소를 바라본 혈화마녀는 자신의 어금니를 잘근 깨물었다.

마치 무시를 당한 것만 같은 기분이 들었던 까닭이다.

"까다로운 신법이로군."

"음……."

파성마각의 말에 적우군사가 고개를 끄덕이며 동의를 표현했다. 진백운의 신법은 그 빠르기도 문제였지만, 도통 종잡을 수 없는 움직임이 더 큰 문제였다.

'어떻게 기세조차 느껴지지 않는 건지…….'

적우군사는 도저히 이해하기 힘든 진백운의 움직임을 떠올리며 홀로 고개를 가로저었다.

모든 무인에게는 특정한 기운이 존재한다.

기를 바탕으로 내공을 운용하고 이를 외부로 표출하는 것이 바로 무공이기 때문이다. 그런 까닭에 은밀한 신법일수록 외부로 내뿜어지는 기운을 숨기는 데 집중하는 것이다.

하지만 숨긴다는 건 동시에 발각될 수 있다는 사실도 같이 의미한다.

결국 아무리 은밀한 신법이라도 고수를 만난다면 그 기운을 완전히 감추는 건 사실상 불가능한 일이었고, 진백운과 싸우고 있는 자신들은 중원에서도 손가락에 꼽히는 고수 중의 고수였다.

그런데 어찌 된 영문인지 진백운의 기운은 도통 그 종적을 찾기가 어려웠다.

이는 결국 두 가지 사실을 의미하고 있었다.

지금까지의 신법과는 그 궤를 완전히 달리 하는 신법이거나.

'천살이 이미 우리를 훨씬 뛰어넘은 것이겠지⋯⋯.'

하지만 이내 적우군사의 고개는 좌우로 움직였다.

설령 사실이라 할지라도 도저히 인정할 수 없는 문제였던 까닭이다.

파성마각은 몰라도 자신과 혈화마녀의 무공은 이미 극마에 올라 있었다.

극마는 초절정을 뛰어넘은 경지, 만약 진백운이 자신들보다 고수라면 그의 실력은 이미 탈마의 경지에 오른 광마도와 동수를 이룰 것이다.

'아니야, 그건 불가능해.'

진백운의 나이, 그동안의 무위로 측정해 볼 때, 이는 결코 말도 안 되는 일이었다.

아무리 하늘이 내린 재능을 가지고 있다 할지라도 갓난아기에게 칼을 쥐어 준다 해서 고수가 될 수는 없는 법, 이와 마찬가지인 이유로 적우군사는 진백운의 재능과 그의 뛰어난 무공은 인정했다. 하지만 좀처럼 그의 성장 속도에 대해서만큼은 부정적인 시선을 던질 수밖에 없었던 것이다.

*　　　*　　　*

적우군사를 당황시킨 진백운과 마찬가지로 염화도제 지강수의 싸움도 생각보다 쉽게 흘러갔다.

화르르륵.

단전의 내력을 마음껏 발출하며 뜨거운 열기로 주변을 덥히는 지강수다.

"치잇!"

"젠장!"

이에 천산빙녀와 남만독왕이 불편한 기색을 얼굴에 떠올리며 황급히 지강수와의 간격을 벌렸다.

"하하하하."

그런 그들을 향해 지강수는 연신 유쾌한 웃음을 터뜨리며 그들을 쫓아 자신의 도를 휘둘렀다.

지강수가 이렇게 싸움을 유리하게 끌 수 있는 건 다른 이유가 아니었다.

상극, 천적.

화르르륵.

그렇다. 천산빙녀와 남만독왕, 두 사람에게 지강수의 무공은 가장 피하고 싶은 성질의 무공이었던 것이다.

극양의 무공은 특성으로는 최고 수준을 자랑하는 무공, 이미 잠원마인을 통해서도 그 특성을 살린 지강수의 화염은 두 사람에게도 제대로 먹혀드는 중이었다.

"이거 왜 그러시나? 좀 전까지 그렇게 떠들던 사람이 꿀 먹은 벙어리가 되었구만, 하하하하."

신 나게 말을 내뱉으며 지강수는 자신의 도를 횡으로 크게 베어 나갔다.

"이익!"

이에 천산빙녀가 신경질적으로 기합성을 내뱉었다.

날아오는 지강수의 도를 피하기엔 이미 늦었다고 판단한 그녀는 내력을 자신의 오른손으로 가득 끌어모았다.

한빙장(寒氷掌), 그녀의 무공은 빙공이었고, 그녀가 내뿜는 한기는 천산의 얼음만큼이나 차가웠다.

화르륵.

하지만, 지강수가 내뿜는 열기 앞에서 그녀의 시린 장법은 순식간에 그 한기를 잃어갈 뿐이었다.

촤악.

"아악!"

지강수에게 아무런 피해도 주지 못한 채, 그녀의 손목이 허공으로 솟구쳤다.

그리고 그곳에서 뿜어져 나오는 피로 인해 새하얗던 그녀의 무복이 순식간에 빨갛게 물들기 시작하고 있었다.

"빙녀!"

그 모습에 남만독왕이 황급히 그녀를 부르며 자신의 신형을 날렸다.

"어딜!"

그러나 지강수가 이를 허락할 리 만무하다.

염화도법(炎火刀法) 제일식 화망회회(火網回回).

다가오는 남만독왕을 향해 촘촘하게 화염의 그물이 가득 펼쳐졌다.

"칫!"

전 방위를 아우르는 그의 도법 때문에 남만독왕은 천산빙녀를 향해 다가서려던 움직임을 멈추고 다시금 지강수와의 간격을 벌려야만 했다.

'제길, 홍아와는 다르다……'

지강수를 노려보며 그는 청홍쌍동 중 홍아의 무공을 머릿속에 떠올려 보았다.

홍아의 무공 역시 극양의 무공, 문제는 아무리 비슷한 성질의 무공이라도 실력에 따라 차이가 난다는 것이었다.

만약 상대가 홍아였다면 어렵지 않게 그를 제압했을 것이다. 아무리 홍아가 화염을 내뿜더라도 그의 무공이 자신보다 아래인 이상, 제압하지 못할 이유는 없었기 때문이다.

하지만 지강수는 본래의 무공 실력조차 자신을 능가하고 있었다.

순수한 무력끼리 부딪혀도 열세인 상황, 무공의 특성마저 자신과는 상극을 이룬다.

그렇다 보니 싸우면 싸울수록 밀리는 건 당연히 자신이었던 것이다.

"꺄아악!"

그렇게 남만독왕이 머뭇거리고 있는 사이, 어느새 천산빙녀의 비명성이 장내 가득 울려 퍼졌다. 그리고 그것이 그녀가 이승에서 낼 수 있는 마지막 소리가 되었다.

"일단 한 명."

지체 없이 천산빙녀의 목을 쳐내린 지강수가 이내 남만독왕의 두 눈을 바라보며 말을 내뱉었다.

까득.

이에 남만독왕은 저도 모르게 자신의 엄지손톱을 물어뜯기 시작했다.

방금 전 천산빙녀가 당한 것처럼 자신 또한 그리되지 않으리란 보장은 없었던 까닭이다.

‘대체 뭘 하는 거야?’

그는 슬쩍 시선을 돌려 진백운 쪽을 바라봤다.

어떻게 된 영문인지, 절대십마 중에서도 강자에 속하는 그들이 새파란 애송이 하나를 상대로 시간을 질질 끌고 있는 중이었다.

그들에게 기대를 걸기보다는 차라리 혼자서 살 궁리를 해보는 편이 나을 것 같아 보였다.

‘어쩔 수 없다……’

결국 남만독왕은 부하들을 희생하기로 마음을 먹었다.

스윽.

이내 그의 팔이 높이 올라갔고, 그 팔이 내려옴과 동시에 그의 입에서 커다란 외침이 떨어졌다.

“쳐라!”

그것이 신호였다.

포위진을 형성하던 천마성 마인들이 염화도제를 향해 쏟아졌고, 그렇게 시간이 지날수록 이곳은 점점 아수라장으로 변해가기 시작했다.

*　　　*　　　*

“저런 바보 같은!”

남만독왕의 명령에 부하들이 움직이는 모습을 본 적우군사는 기겁을 할 수밖에 없었다.

멍청한 생각이다.

고수를 상대로 일반 무사들은 시간 끄는 용도밖에 되지 않는다.

물론 상대하는 고수의 체력이 무한이 아닌 이상에야 언젠가는 그 목숨을 취할 수 있겠지만, 고수 한 명 잡자고 수백의 무사를 쓴다는 건 비효율적인 생각이었다.

더군다나 조금 있으면 무림맹의 무사들이 당도할 것이고, 그렇게 되면 수적으로 불리해지는 건 천마성이다.

무림맹이 노린 것도 분명 이것일 터였다.

왜 별동대를 따로 조직하여 이곳으로 보냈겠는가, 무림맹은 일부러 소란을 일으켜 천마성이 우왕좌왕 정신이 없는 틈을 노려 분명 진격할 것이었다.

물론 무림맹이 보낸 별동대를 무림맹 본단이 도착하기 전까지, 모두 죽일 수 있다면 아무런 문제가 없다.

하지만, 여차하여 무림맹 본단이 먼저 합류한다면.

'천마께서 나서셔야 한다.'

속으로 생각을 굴리며 적우군사는 식은땀을 흘렸다.

사실, 그가 두려운 건 무림맹의 병력 따위가 아니라 절대십마에게로 쏟아질 천마의 분노였다.

모든 건 결과가 말한다고 항상 강조했던 천마다.

그가 나선다는 건, 절대십마의 무능력함을 다시 한 번 증명하는 일, 그동안 절대십마가 천마에게 신뢰를 받을 수 있었던 이유는 단 하나였다.

모든 대소사를 처리할 정도의 강함.

그것이 무력이든, 지략이든, 비열함이든 천마는 그 방법에 있어서는 아무런 관심이 없었다.

그의 관심은 오로지 결과.

무림맹을 상대로 그가 직접 나선다는 건, 뒤집어 생각하면 절대십마의 나약함을 증명하는 것과 매한가지였던 것이다.

"제길……."

착.

신경질적으로 부채를 편 적우군사는 재빨리 다시 머리를 굴렸다.

그리고 이내 그의 눈빛은 전면에 우두커니 서 있는 진백운에게로 향하기 시작했다.

'이렇게 된 이상, 저 녀석을 반드시 처리해야 한다.'

더 이상은 시간이 없었다.

무림맹이 당도하기 전까지, 천마께서 나오시기 전까지 진백운을 처리하고, 그와 함께 온 별동대의 목숨을 모두 취해야만 했다.

"시간이 없소이다."

적우군사는 단호한 목소리로 혈화마녀와 파성마각을 향해 입을 열었다.

그러나 두 사람 모두 굳이 그가 말하지 않았더라도 시간이 없다는 사실을 너무나 잘 알고 있는 중이었다.

"이번 공격으로 끝내죠."

"흐흐, 단 한 수에 모든 걸 걸어야겠구먼."

잠시 후, 혈화마녀와 파성마각이 눈빛을 빛내며 그의 말에 동의를 표했다.

착.

이에 적우군사가 펼쳤던 부채를 다시 접었다.

스윽.

진백운을 향해 겨눠지는 적우군사의 부채.

그뿐만이 아니다.

타앗.

높게 뛰어오른 혈화마녀가 하늘에서부터 진백운의 정수리를 향해 백옥 같은 자신의 손바닥을 펼쳐 보인다.

마지막은 파성마각이다.

고오오오오.

재빨리 왼쪽으로 달려간 그의 다리가 허리 높이까지 들어올려졌고, 그곳으로 강대한 마기가 엄청난 속도로 모여들고 있었다.

그리고 어느 순간이다.

"지금!"

적우군사의 신호를 시작으로 세 사람이 동시에 진백운을 향해 달려들며 각자가 펼칠 수 있는 최강의 초식을 펼쳐대기 시작했다.

한편, 진백운과 지강수를 제외한 별동대 일행들은 그야말로 죽을 판국이었다.

암룡창(暗龍槍) 제일초 암룡출동(暗龍出洞).

유진명과 성태강을 노린 임유청의 암룡창이 마치 독사와도 같은 움직임으로 빛살같이 날아왔다.

파아앙.

다행히 현양진인의 태을미리장이 시기적절하게 중간으로 끼어들며 두 사람을 도와주었다.

"크윽."

"으으윽."

그러나 결국은 중과부적(衆寡不敵)이다.

절대사제였던 암룡창제의 무공은 잠원마공을 만나면서 더욱 강력해진 느낌이었고, 때문에 피한다고 피했지만 충격이 충격인지라 유진명과 성태강의 입에선 자연스럽게 신음성이 새어 나왔다.

과연 암룡창제란 말밖에 안 나온다. 세 사람이 달라붙었음에도 불구하고 간신히 버티는 것 외엔 딱히 할 수 있는 일이 없었다.

"제기랄……."

오죽했으면 평소 그렇게나 얌전하던 유진명의 입에서 거친 욕이 절로 나오고 있겠는가.

저벅저벅.

그러는 사이, 암룡창제는 다시 천천히 발걸음을 움직였다.

이쯤 되면 거의 지옥의 사신이라 해도 무방할 정도다. 그렇게 많은 내력을 소모했으면 지칠 법도 하건만, 암룡창제에게선 전혀 그런 기색이 보이지 않았던 까닭이다.

후우웅.

그리고 길게 돌려 뻗어지는 그의 창.

유진명과 성태강, 그리고 현양진인은 그가 펼쳐내는 창의 권역에 들지 않기 위해 서둘러 몸을 뺐다.

쫓고 쫓기는 지루한 술래잡기.

비록 자존심은 상했지만 지금으로썬 어쩔 수 없는 일이었다.

*　　*　　*

쉭, 쉭, 쉭.

빠르게 움직이는 검이 연신 공기를 가르며 기이한 소리를
만들었다.

추성검법, 과연 소리를 쫓는다는 이름이 붙을 정도로 빠른
극쾌의 검법이었다.

문제는 이 소리가 한 곳에서 발생한 소리가 아니라는 사실
이다.

쉭, 쉭, 쉭.

똑같은 소리가 반대쪽에서도 마찬가지로 생성되었고, 이
내 두 사람이 서로에게 날린 검기는 도중에서 부딪히며 요란
한 소리를 만들어내었다.

캉, 캉, 캉.

'역시 무리인가……'

백리연은 속으로 쓴웃음을 지어 보였다.

중간에서 맞부딪혔다지만, 엄밀히 말하자면 자신과 더욱
가까운 곳에서 두 기운은 서로 충돌했기 때문이다.

그 사실은 결국 백리휘명의 검이 자신보다 빠르다는 말. 비
룡검법과 합쳐 더욱 강해진 그녀였지만, 한평생 추성검법을
수련해 온 백리휘명의 무예도 만만치 않았던 것이다.

쉬이익.

더군다나 잠원마공을 익힌 그에겐 체력의 한계는 없는 듯 보였다.

"헉!"

어느새 자신에게로 달려오며 출수를 마친 백리휘명을 보며 백리연은 절로 헛바람을 들이켤 수밖에 없었다.

하지만 그리 걱정할 문제는 아니었다. 그 이유는 그녀를 지켜주는 동료들이 있기 때문이다.

강룡십팔장(降龍十八掌) 무룡파천(舞龍破天).

비룡검법(飛龍劍法) 제이식 비룡재천(飛龍再天).

어느새 백리연의 앞을 막아선 왕삼개와 조문이 동시에 백리휘명의 검기를 맞아 각자의 초식을 전개한 것이다.

쿠아앙.

멸혼검주와 두 사람이 맞부딪히며 요란한 소리를 만들었다.

"큭."

"음."

한 차례 충격을 받은 조문과 왕삼개가 표정을 찡그리며 옅은 신음을 내뱉었다.

물론 그리 큰 내상은 아니었다.

엇비슷한 크기의 기운끼리 부딪혔기에 받은 충격일 뿐이다. 그렇기에 정작 그들의 표정이 잔뜩 찡그려진 이유는 다른 곳에 있다고 할 수 있었다.

잠원마인.

항간에 괴인으로 알려진 이 존재는 정말이지 괴물에 가까운 재생력과 회복력을 보이고 있었다.

그뿐인가, 몇 차례 붙어본 결과 정말로 통증마저 느끼지 않는 듯 보였다.

무인들끼리의 싸움에선 순간이 승부를 결정하는 것. 통증을 느끼지 않는다는 건 그 순간을 활용할 가능성이 더욱 높음을 의미하고 있었다.

"이건 정말이지 괴물이 따로 없군."

좀처럼 지치지 않는 멸혼검주에게 질려 버렸는지 무심결에 왕삼개는 솔직한 자신의 심정을 고스란히 표현했다.

"말조심하시오, 풍개."

순간, 그의 옆에 있던 조문이 그를 째려보며 경고를 주었다.

멸혼검주의 원래 신분은 백리휘명, 즉, 자신의 전 가주이자, 백리연의 아버지였던 까닭이다.

비록 지금은 그가 잠원마인이 된 탓에 싸우고 있었지만 그렇다고 험한 말을 허락할 수는 없는 노릇이었다.

“음… 죄송하오.”

다행히 왕삼개가 재빨리 자신의 잘못을 사과했다.

자신도 무심결에 튀어나온 말이었거니와, 함께 싸우고 있는 마당에 분란을 자초할 필요는 없었던 것이다.

무엇보다 이어지는 백리연의 말 덕분에 지금은 그럴 때가 아님을 다시 한 번 깨닫는 왕삼개였다.

“집중하세요, 또 와요.”

쉬이이익.

공기를 가르는 엄청난 파공음.

그것이 어떤 내용이든 잡담을 주고받기엔 목숨이 달아난 판국이었다.

*　　　*　　　*

운중복검 무진과 질풍대주 강일.

이미 한 번 봤던 그림이자, 수많은 사람들의 기억 속에 강렬하게 남아 있을 그림이었다.

그렇다, 이미 일전에 청운대회에서 맞붙은 적이 있던 두 사람이다. 그것도 결승에서 말이다.

“무량수불…….”

무진은 연신 도호를 읊조리며 부드럽게 검을 그려 나갔다.

태극혜검(太極慧劍).

음과 양이 만나 태극을 이루듯, 그의 검은 자연을 닮아 있었다. 아니, 정확하게 말하자면 검 속에 자연을 담는 듯했다.

'무당의 검은 결국 자연의 검.'

무진은 최근에 자신이 느낀 그대로 무당의 검을 표현했다.

캉.

강하게 밀려오는 강일의 검과 부딪혔음에도 불구하고 그 소리가 경쾌하다.

캉, 캉, 캉.

마치 어린아이들이 병정놀이를 하듯이 가볍게 검을 부딪히는 두 사람이다.

하지만 이는 모든 게 다 무진이 만들어낸 결과였다.

자연은 모든 걸 담아낸다.

무진의 검도 이와 마찬가지다.

강일이 얼마나 강한 힘으로 다가오든, 그것을 포용하면 그만인 것이다.

'이유제강, 부드러움으로 강함을 제압한다. 반은 맞고 반은 틀린 말이다. 부드러움은 결코 강함을 이길 수 없어, 다만 품어 안을 수 있을 뿐.'

지난 청운대회 결승에서는 이 사실을 미처 깨닫지 못했다. 그저 무당의 검으로 질풍대주를 이기려 했을 뿐이다.

하지만 그것은 결국 잘못된 생각이었고, 최근에 와서야 그 사실을 깨달을 수 있게 된 무진이었다.

무당산에 올라 한참을 슬퍼하던 그는 검으로써 그 슬픔을 잊어 나갔다.

그리고 언제나처럼 깨달음은 불현듯 그를 찾아왔다.

생각해 보니 무당은 그에게 이기는 방법을 가르쳐 주지 않았다. 다만, 고고하게 무당산에서 검을 수련시켰고 도를 가르쳐 줬을 뿐이다.

검을 잡은 이상, 이겨야 한다고 생각한 것은 무진 자기 스스로가 그렇게 여겼을 뿐이었다.

그 사실을 깨닫자, 고고한 무당산의 자태가 비로소 눈에 들어오기 시작했다.

항상 있었던 곳임에도 몰랐던 것이다.

무당산이, 자연이 이렇게 큰 존재였단 사실을 말이다.

그것은 그렇게 홀로 존재한 채, 세상 만물을 모두 품고 있을 뿐이었다.

무진의 검은 이렇게 완성됐다.

그리고 그렇기에 과거의 무진과 지금의 무진은 달랐다.

캉, 캉, 캉.

전신의 마기를 모두 끌어 올린 듯 강일의 검에선 엄청난 힘이 느껴졌지만, 무진은 그런 강일의 검을 구름처럼 감싸며 커다란 원을 그려갔다.

하지만 무진이 사용하는 내력은 좁쌀만큼 작은 것이었다.

힘을 쓸 필요가 없었던 까닭이다.

상대가 강한 힘으로 다가온다면 자신은 그만큼 힘을 빼야 하는 법. 그게 음과 양의 조화였고, 태극으로 가는 지름길인 것이다.

"무량수불… 무량수불……."

그러면서도 무진은 연신 도호만을 읊조렸다.

지금 이 순간, 그는 모든 걸 잊고 있었다. 승부도, 복수도, 심지어 자신의 검마저도 말이다.

그가 생각하는 건 오로지 도(道)였고, 때문에 그는 더욱더 강한 힘을 낼 수 있었다.

*　　　*　　　*

마중처, 그곳엔 두 사람이 마주 앉아 다도를 나누는 중이었다.

후릅.

마지막 한 모금이다.

이미 꽤나 많은 시간이 흘렀기에 뜨거운 김을 내뿜었던 그의 찻잔은 어느새 차갑게 식어 버렸다.

"무림맹은 왔을까?"

다 비운 찻잔을 내려놓으며 천마가 유승을 향해 물었다.

"오지 않았을 것입니다."

유승은 단정적으로 대답했다.

만약 무림맹 본단이 도착했다면, 아무리 정문에서 떨어진 곳이라지만 그 소란스런 소리가 들렸을 것이기 때문이다.

"안타깝게도 차를 먼저 마셔 버렸군."

"……."

유승은 아무 말 없이 그 말을 들었다.

차 한 잔 마실 시간.

천마는 약속한 대로 딱 그만큼의 시간을 허락했고, 찻잔이 비워진 이상, 천마는 확실하게 약속을 지킨 것이다.

사실 천마는 평소대로 느긋하게 다도를 즐겼기에 이 정도면 충분히 많은 기회를 주었다고 볼 수 있다.

'도망치지 않았다면 그것 또한 너의 운명.'

되도록 조금 더 강해진 진백운과 싸우고 싶은 유승이었지만, 안타깝게도 더 이상은 시간을 끌어줄 수 없었다.

탈마의 경지를 넘어선 그였지만 천마는 그야말로 마의 하늘. 그 뿌리가 마공에 있는 이상 천마의 말은 곧 법이며, 천마의 결정이 곧 진리라 할 수 있었다.

스윽.

유승이 그렇게 생각하는 사이, 천마는 자신의 몸을 천천히 일으켰다.

이에 유승도 그를 따라 몸을 일으키기 시작했다.

천마가 유승을 향해 물었다.

"십 년 전이 생각나는군, 기억하나?"

"어찌 잊겠습니까?"

대답하며 유승은 머릿속에서 그날의 기억을 떠올렸다.

그에게 있어 십 년 전, 그날은 마의 하늘이 무너진 날이자, 동시에 세상에서 단 하나밖에 없을 호적수를 잃은 날이기도 했다.

천살(天殺) 진천강(眞天强). 비록 목숨을 취하진 못했지만, 그의 검은 확실히 천마를 찔렀고, 덕분에 천마성이 계획했던 마도천하는 십 년이란 세월을 밀려나게 되었다.

만약 그날 이 사내가 오지 않았다면 지금 강호의 주인은 천마성이었을 것이고, 유승 자신 또한 진천강이라는 생애 단 하나뿐인 적수와 목숨을 걸고 붙을 수 있었으리라.

"그날, 그자는 내게 말했지."

"……"

유승의 귓가로 천마의 말이 계속해서 이어졌다.

"자신의 검은 완성되지 않았다고 말이야, 후후후."

"?!"

그 말에 좀처럼 놀라지 않던 유승마저 두 눈을 크게 뜨며 놀라움을 표현했다.

'완성되지 않은 검으로 천마를 찔렀단 말인가.'

놀랍기 그지없었다.

천마가 계속해서 말을 이어 나갔다.

"그날, 그자가 쓴 초식은 이 초식까지. 마지막 삼 초식은 아직 완성하지 못했다고 하더군."

"……."

그러고 보니 그의 후손일 진백운도 자신과의 싸움에서 단 두 개의 초식만을 사용했던 것 같았다.

극쾌의 초식과 극강의 초식.

하나하나가 완벽하면서도 무서우리만치 강한 초식들이었다. 하지만 진백운의 내력은 그 강한 초식에 미치지 못했고, 그 결과 자신을 이길 수 없었다.

'그래서 잠원마공을 준 것이지만.'

사실, 유승이 진백운의 단전을 부수고 잠원마공을 준 건 괴인으로 만들기 위함이 아니었다. 그는 다만 겨뤄보고 싶었을 뿐이다. 좀 더 완벽하게 초식을 운용할 진백운과 말이다.

그러기 위해서 잠원마공은 유승이 원하는 진백운을 만들어낼 최적의 무공이라 할 수 있었다.

깨진 단전을 회복함과 동시에 빠르게 예전 무위를 찾게 해

주는 잠원마공이다. 그뿐인가, 잠원마공이 가져다주는 강력
한 마기는 이전에 비해 몇 배나 많은 내력을 선물로 전해준
다.

즉, 유승은 진백운이 잠원마공을 익힌다면 훨씬 더 강력해
질 것이고, 자신이 이룩한 경지까지 다가와 줄 것으로 본 것
이다.

문제는 진백운이 잠원마공을 익힌 기간이 너무 짧다는 것
이었다. 하지만 이미 엎어진 물, 되돌릴 순 없었다.

"후후후."

잠시 후, 천마의 웃음소리가 그의 귓가로 들려왔다.

그리고 천마는 이내 유승을 향해 마지막으로 말을 내뱉기
시작했다.

"진백운이라고 했나? 궁금하군. 십 년 전 그자가 완성하지
못했다던 그 검, 과연 지금의 천살은 그 검을 만들었을지 말
이야. 후후후."

"……."

유승은 아무 말 없이 천마의 얘기를 들었다. 하지만 천마의
말을 통해 확실하게 알 수 있었다.

만약 진백운이 삼 초식을 완성하지 못한 상태라면 그는 반
드시 죽는다. 그리고 잠원마인이 되어 자신의 무공을 천마에
게 양보해야만 할 것이다.

‘천망회회(天網恢恢), 소이불루(疎而不漏)인 게지…….’

하늘의 그물은 넓어서 무엇 하나 새지 않는 법, 모든 건 정해진 운명대로 흐를 것이었다.

하늘이 정한 운명에 따라 진백운이 천살의 검을 완성했다면 그는 강호의 영웅이 될 것이고, 만약 그렇지 않다면…….

‘내 도에 죽는 게 너의 운명이 될 터.’

그렇게 유승의 눈빛이 깊게 가라앉아 가고 있었다.

第九章

건곤일척(乾坤一擲)

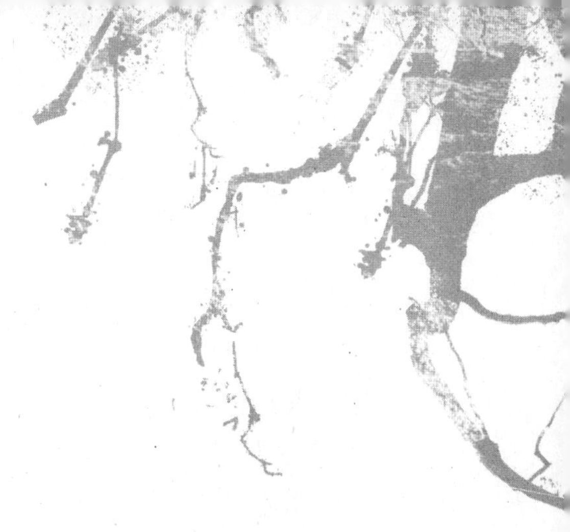

　혈화마녀와 적우군사, 그리고 파성마각은 저마다 세 방향에서 동시에 진백운을 향해 덮쳐들기 시작했다.

　혈화장(血花掌) 제삼초 혈화낙우(血花落雨).
　적우마선(赤羽魔煽) 제사초 적우폭사(赤羽爆死).
　마령각(魔靈脚) 제일초 파성마각(破星魔脚).

　고오오오오.
　과연 절대십마, 그들이 내뿜는 어마어마한 기운에 마치 지면이 통째로 흔들리는 듯했다.

하지만 그들의 강대한 기운을 느끼면서도 진백운은 여전히 침착한 태도로 일관했다.

스윽.

그리곤 조용히 자신의 검을 들어 올린다.

지금 이 순간, 진백운의 눈빛은 더 없이 진지했다. 그렇게 마주 오는 강대한 기운을 가만히 느끼던 그는 별안간 커다란 동작으로 자신의 검을 가로 그어 나갔다.

천살수라검(天殺修羅劍) 제일식 천살풍(天殺風).
천살수라검(天殺修羅劍) 제이식 수라파천(修羅破天).

지금까지와는 달리 진백운은 동시에 두 가지 초식을 한 검에 담아내 보았다.

그것은 한 번도 시도한 적이 없는 행위였다.

하지만 순간적으로 진백운은 가능할 것 같은 기분을 느꼈고, 머릿속에 떠오른 심상대로 이를 실행해 옮긴 것이었다.

그리고 결과는 보다시피 완벽한 성공으로 찾아왔다.

쿠와아아앙.

이내, 부딪힌 서로의 기운들은 강렬한 폭풍을 만들어내며 주위를 잠식하기 시작했다.

　　　　　*　　　*　　　*

쿠와아아앙.

마치 벼락이 떨어진 것만 같았다.

순간적으로 엄청난 굉음이 울리며 장내에 존재하는 모든 이들의 시선이 그 진원지로 향하기 시작했다.

"맙소사……."

시종일관 부하들을 향해 명령을 내리던 남만독왕이 믿을 수 없다는 눈동자를 그곳을 바라봤다.

저것이 정녕 인간들의 대결이란 말인가.

혈화마녀와 적우군사 그리고 파성마각의 엄청난 무공에도 놀랐지만, 정작 그를 경악하게 만든 건 진백운이었다.

도무지 천살의 무공에 혀를 내두르지 않고는 못 배길 상황이다.

하지만 그는 너무 방심했다.

왜냐하면 지금 그가 처해 있는 상황은 굉음에 놀라 멍한 표정을 짓고 있을 때가 아니었기 때문이다.

화르륵.

"?!"

순간, 옆에서 번져 오르는 뜨거운 열기에 남만독왕의 동공이 화들짝 놀랐다.

잊고 있었던 것이다.

지금까지 자신이 누구를 상대하고 있었는지를…….

그런 그의 귓가로 하나의 음성이 들려오기 시작했다.

"드디어 잡았군."

염화도제 지강수의 목소리였다.

남만독왕의 전면에 바짝 다가선 그는 단 한 치의 망설임 없이 자신의 도를 내리 그었다.

염화도법(炎火刀法) 제일식 화망회회(火網回回).

"제, 제길!"

남만독왕은 욕지거리를 내뱉으며 황급히 팔을 내뻗어 독기(毒氣)를 발출했다.

푸스스스.

하지만 독기는 뜨거운 불 앞에서 아스라이 사라질 뿐이었다.

그리고 남만독왕 또한 이는 매한가지였다.

"크어어억!"

애처로운 비명 소리가 잠시 주변을 울렸다.

그러나 그 시간은 매우 짧았고, 이내 남만독왕의 신형이 천천히 지면으로 쓰러졌다.

"후우."

남만독왕을 처리한 지강수는 짧게 숨을 골랐다.

그리고 이내, 그의 시선은 땅바닥에 몸을 뉘인 남만독왕의 시체를 향했고, 혀를 차며 말을 내뱉는 지강수였다.

"쯧쯧, 그러게 누가 싸움 중에 한눈을 팔라던가."

그렇게 혀를 차며 남만독왕의 실수를 꼬집던 그의 시선이 이번에는 아직까지도 자욱한 흙먼지를 일으키고 있는 진백운 쪽으로 향했다.

잠시 그 방향을 바라보던 그가 혼자 중얼거렸다.

"하긴, 나도 잠시 흔들렸으니……."

그만큼 강렬했던 충격이다.

만약 계속해서 밀려드는 천마성 마인들이 아니었다면 자신조차 넋을 놓은 채 진백운과 절대십마들의 싸움을 지켜봤으리라.

하지만 적이 있는 이상 지강수는 그러지 않았고, 그것은 지금도 마찬가지였다.

"이거야 원, 쉴 틈이 없구만."

자신의 싸움은 끝났다.

이제는 무림맹의 본단이 올 때까지 일행들을 지켜주는 역할만이 남았을 뿐이었다.

별동대의 수장, 지강수의 신형이 바쁘게 움직이기 시작했
다.

＊　　　＊　　　＊

주변을 자욱하게 뒤덮은 흙먼지는 꽤나 오랫동안 사라지
지 않았다.

그만큼 엄청난 기운들이 충돌했던 까닭이다. 그러나 시간
은 흘러갔고, 이에 따라 주변을 뒤덮고 있던 흙먼지도 바람에
날리며 조금씩 시야를 밝혀주기 시작했다.

그리고 드러난 결과.

"……."

진백운은 아무 말 없이 중앙에 우뚝 서 있었다.

그의 앞에는 세 개의 인영이 저마다 바닥에 널브러져 있는
상태였다.

미약하게 가슴이 움직이는 것으로 보아 그 목숨은 간신히
유지하고 있는 것 같았다.

"쿨럭!"

정신을 차렸는지, 적우군사가 제일 먼저 검붉은 피를 토하
며 힘겹게 상체를 일으켰다.

"허억, 허억."

그는 연신 가쁜 숨을 몰아쉬었다.

진백운이 말했다.

"그대들의 패배이오."

그렇게 말을 내뱉으며 진백운의 신형은 혈화마녀에게로 다가서고 있었다.

"헉, 헉."

여전히 숨을 골라 쉬며 그 모습을 지켜보는 적우군사다.

그리고 이내, 그는 진백운이 무엇을 하려는지 어렵지 않게 알 수 있었다.

사마란에게 다가간 진백운은 먼저 그녀의 사지근맥을 조심스럽게 끊었다. 그리곤 사마란의 단전에 자신의 손을 올린다.

'잔인하군.'

그런 진백운의 모습을 지켜보며 적우군사는 차라리 죽음을 주는 편이 덜 잔인하다는 생각을 해보았다.

한평생 무공을 익혀온 무인, 더욱이 절대십마라는 위치까지 올랐던 자신들에게서 무공을 앗아간다는 건 결국 죽으라는 소리나 마찬가지였던 까닭이다.

적우군사가 그런 생각을 가지고 있거나 말거나 사마란의 무공을 폐한 진백운은 근처에 쓰러져 있는 파성마각의 무공도 마저 폐했다.

저벅저벅.

그리고는 천천히 적우군사를 향해 다가서는 진백운이다.

"크크, 정녕 자신이 이겼다고 생각하나?"

적우군사가 진백운을 향해 물었다.

"당연한 거 아니오."

이에 진백운은 고개를 끄덕이며 당연하다는 듯 말했다. 그러면서 손가락을 들어 한쪽을 가리킨다.

진백운이 적우군사를 향해 말했다.

"저길 보시오. 저것이 잠원마인의 한계. 또한 조금 있으면 무림맹의 본단이 이곳으로 도착할 터, 그러니 이 전쟁은 패자는 결국 당신들이라오."

"……."

그 말에 적우군사는 할 말을 잃었다.

아니, 사실 진백운이 가리키고 있는 방향에 펼쳐진 광경에 할 말을 잃었다고 봐야 옳았다.

염화도제의 합류로 잠원마인들이 속절없이 뒤로 밀리고 있었던 것이다. 더군다나 내력을 너무 무리하게 썼던 탓인지, 연신 뒤로 밀리는 잠원마인들은 마치 재생력을 잃은 것처럼 신체 곳곳에서 피가 새어 나오고 있는 중이었다.

그리고 엎친 데 덮친 격이랄까.

"와아아아아~!"

과연 진백운의 말대로 속속들이 도착하는 무림맹의 무사
들이었다.

순식간에 전장은 아수라장이 되었고, 안방이나 다름없는
곳임에도 불구하고 연신 뒤로 밀리고 있는 쪽은 천마성이었
다.

"크크크."

별안간 적우군사의 입에서 웃음소리가 새어 나왔다.

"왜 웃는 거요?"

이에 진백운이 의문스런 눈빛을 지으며 그를 향해 물었다.
하지만 적우군사는 대답도 잊은 채로 계속해서 웃음만 터뜨
릴 뿐이었다.

"……."

진백운은 말없이 그를 어이없게 바라보았다.

얼마나 시간이 지났을까.

한참을 웃어대던 적우군사가 돌연 터뜨렸던 웃음을 멈추
고 진백운을 바라봤다.

"확실히 지금 상황만 본다면 우리가 패배한 것이겠군."

"그 말은?"

진백운의 되물음에 적우군사는 스산한 미소를 지었다.

"광마도와는 이미 붙어봤으니 잘 알겠지, 그뿐만이 아니

다. 곧 있으면 천마께서 나오실 터, 그렇기에 아직 승패는 결정되지 않은… 크크크, 아니지, 아니야. 그분께서 나서신다면 그 순간이 곧 마도천하일 것이니, 결국은 천마성이 이 전쟁의 승자일 테지, 크크크.”

“단 두 명일 뿐이오.”

“큭, 그 두 사람이 바로 마의 시작이자 전설이다, 애송아.”

“…….”

적우군사의 말에 진백운은 어이가 없어 할 말을 잃었다. 아무리 마의 시작이고 전설이라 하더라도 수백이나 달하는 무림맹 무사들을 상대로 이긴다는 건 무리가 있어 보였다. 더군다나 절대십마에 치중된 천마성과는 달리 오히려 절정 이상의 고수들이 가득한 무림맹이다.

아무리 천마이고 광마도라 할지라도 이 전쟁의 승리는 결국 무림맹 쪽으로 기운다고 진백운은 생각했다.

그리고 그러기 위해선 한 명의 적이라도 줄이는 편이 좋아 보였다.

“조금 아플지도 모르오.”

친절하게도 진백운은 적우군사에게 미리 언질을 주었다.

“크윽.”

이윽고 손목의 힘줄이 끊김과 동시에 적우군사의 입에서 고통스런 신음소리가 흘러 내렸다.

진백운은 그의 사지근맥을 자르고, 단전까지 완전히 폐쇄시켰다.

그리고 고개를 돌려 전장을 바라보았다.

'저것이 정파의 힘이로군……'

속속들이 도착하는 무림맹 무사들, 구파일방과 오대세가, 시간이 지날수록 끝도 없이 많은 정파의 무인들이 천마성으로 밀려들기 시작했다.

＊　　＊　　＊

"와아아아아!"

무림맹주 남궁혁의 지휘 아래, 무림맹의 무사들은 일사불란하게 천마성의 마인들을 처리해 나갔다.

그에 반해 절대십마라는 구심점을 잃은 탓인지, 천마성의 마인들은 우왕좌왕거리며 천천히 그 수가 줄어들기 시작했다.

'대단하군, 파성마각에 혈화마녀까지……'

전장을 바라보던 남궁혁의 눈빛이 이채를 띠었다.

그저 별동대가 천마성에 소란만 입혀주길 기대하고 진격했던 그였지만, 별동대, 아니 정확하게 말해서 진백운은 그가 기대한 것보다 훨씬 더 큰 성과를 만든 것이다.

절대십마가 없는 이상, 천마성이 두려울 이유는 없다. 더군다나 괴인들은 염화도제 지강수 앞에서 아무런 힘도 발휘하지 못하고 어느새 무릎을 꿇고 있었다.

"축하드려요, 맹주님."

어느새 옆으로 다가온 화영이 그를 향해 말했다.

"무엇보다 문주의 역할이 컸다네."

남궁혁은 있는 그대로 화영을 칭찬했다.

그도 그럴 것이 방대한 정보력을 십분 활용한 그녀가 없었다면 이렇게 단시간에 정파 무림을 한자리에 모이게 할 수 없었을 것이다. 그뿐인가, 하오문에서 지원한 금력이 아니었다면 지금까지 버틸 수조차 없었을지 몰랐다.

무엇보다 천살문주를 움직이게 해준 그녀의 역할이 가장 컸다.

진백운, 만약 천살이 아니었다면 무림맹의 힘만으로 절대십마와 괴인들로 구성된 천마성의 수뇌들은 처리하는 데 큰 어려움이 따랐을 것이기 때문이다.

그러나 이내 남궁혁은 고개를 가로저었다.

그러면서 그는 화영을 향해 말했다.

"하지만 아직 끝난 게 아니라오."

어디 있는 것일까, 그는 빠르게 주변을 훑어보며 응당 있어야 할 존재를 찾아 나갔다.

그리고 잠시 후 남궁혁은, 그리고 장내의 모든 사람들은 마지막 적이 출현하는 모습을 볼 수 있었다.

천마, 그리고 광마도.

두 사람은 아주 천천히 건물의 안에서부터 밖으로 걸어 나오는 중이었다.

"크크크."

밀려드는 무림맹의 무사들을 바라보며 광마도는 자신의 이를 드러낸 채, 스산한 웃음을 보였다.

"후읍."

그리고 짧게 한 모금의 숨을 들이마셨다.

광마도는 그대로 자신의 도를 하늘 높이 올렸고, 이내 그 도는 천천히 땅으로 떨어지기 시작했다.

광마도법(狂魔刀法) 광풍난무(狂風亂舞).

쿠아아아아앙!

마치 지진이라도 난 듯한 엄청난 충격이 주변을 잠식했다.

그리고 그것은 곧 신호였다.

"크아아악."

"크악!"

순식간에 무림맹 무사들에게 한 폭의 지옥도를 선사하는 광마도다.

산책을 하듯 천천히 발걸음을 움직이는 그였지만, 도가 한 번 휘둘러질 때마다 수십 개의 주인을 잃은 목이 허공으로 비산했다.

"이놈!"

"감히!"

마의 전설이 나섰다면 정파의 영웅들도 나서야 하는 법, 더 이상 광마도의 살육을 지켜볼 수 없었던지 무림맹주와 염화동제가 동시에 몸을 날려 그를 압박했다.

화르르륵.

슈아아악.

지강수의 염화도와 남궁혁의 제왕검형이 동시에 광마도에게로 쏟아졌다.

"크크크."

이에 광마도는 아주 짧게 웃음을 지었다.

그러고는 이내 횡으로 자신의 도를 가로 긋는 광마도. 광풍무적 일도진천이라 쓰여진 그의 커다란 도가 두 사람을 맞이해 나갔다.

콰아아앙.

순간 엄청난 기운들이 서로 충돌했고, 요란한 소리가 장내에 울려 퍼졌다.

그리고.

"쿨럭."

"커억!"

검붉은 피를 토하며 뒤로 튕겨져 나가는 남궁혁과 지강수다.

한순간의 격돌로 엄청난 내상을 입게 된 것이다.

"……."

그 광경에 장내에 자리한 모든 이들이 경악을 금치 못했다.

절대사제 둘을 단 한 수에 제압하는 광마도의 무력에 할 말을 잃어버린 것이다.

그 순간, 사람들은 모두 그가 어떤 존재인지를 떠올렸다.

마의 전설, 광마도.

광풍은 적이 없고, 일도는 하늘을 울린다는 그의 전설이 결코 거짓이 아니었음을 깨달은 것이다.

더군다나 그의 뒤에는 천마가 있다.

그리고 이 두 사람을 이기지 못하는 이상, 정마대전의 승자는 결코 무림맹이 될 수 없었다.

저벅저벅.

그때 한 사람이 천천히 앞으로 나서기 시작했다.

'백운.'

그 모습을 바라보는 화영의 눈빛이 반짝였다.

천마성에 전설을 꺾을 강호의 전설이 앞으로 나섰던 까닭이다.

전쟁은 지금부터가 진짜 시작인 것이다.

*　　　*　　　*

천살, 하늘도 죽이는 살수가 광마도에게 다가갔다.

"간만이오."

진백운이 광마도를 향해 말을 건넸다.

"크크, 결국 운명은 이런 무대를 만드는군."

이에 광마도가 진백운을 보며 말했다.

안타깝다. 조금만 더 시간이 주어졌다면 훨씬 더 많이 성장했을 천살이다. 하지만, 결국 자신들에게 주어진 무대는 이곳이었고 그 무대는 지금 당장 시작을 해야만 했던 까닭이다.

광마도가 계속해서 말했다.

"나를 꺾지 못하면 모든 게 끝난다."

"알고 있소."

"크크, 자신 있나?"

"어차피 그대의 목숨을 받아야만 하오."

진백운은 덤덤한 표정으로 말했다.

천살령패를 통한 의뢰다.

자신과 광마도의 승부는 어떤 식으로든 결판을 지어야만
했고, 자신은 광마도를 죽이기 위해 최선을 다할 것이었다.

광마도가 진백운을 향해 말했다.

"기대하지."

"피차 마찬가지요."

두 사람의 대화는 이것이 마지막이었다.

이제부터는 검과 도가 서로의 얘기를 대신해 줄 것이기 때
문이다.

선공은 광마도가 가져갔다.

후우웅.

휘둘려지는 그의 커다란 도가 공기를 부수며 진백운에게
로 쇄도했다.

파아아아.

이에 진백운은 오히려 단순에 광마도와의 거리를 좁혀갔
다. 어차피 광마도에게는 천살귀영신법이 먹히지 않는다. 피
해봐야 체력 낭비인 바, 그럴 바엔 차라리 거리를 좁혀 근접
전으로 유도하려는 속셈이었다.

"크큭."

진백운의 생각을 읽은 광마도가 스산한 웃음을 지었다.

근접전은 오히려 이쪽에서 바라는 바, 제 발로 찾아와 준다

면 고마울 뿐이다.

이에 광마도도 자신의 신형을 앞으로 전진시켰다.

거리 싸움은 결국 기세 싸움이다.

상대가 근접전을 걸어온다는 것은 그자의 각오가 이미 굳혀졌다는 뜻, 더 큰 각오를 다지고 한 발 내딛는 것이 옳다.

카아앙.

이내, 진백운의 검과 광마도의 도가 강하게 충돌했다.

그리고 그것이 시작이었다.

캉, 캉, 캉, 캉.

연신 맞부딪히는 두 사람, 그리고 눈 깜짝할 새에 수십 합이 넘어가는 두 사람의 격돌이었다.

얼핏 비슷하게 보였지만, 진백운은 조금씩 자신이 밀리고 있단 사실을 깨달았다.

광마도의 도는 거대하다.

그렇기에 일반적으로는 상대적으로 짧은 무기를 가진 진백운이 훨씬 유리하다.

하지만, 광마도는 일반적인 무인이 아니다.

도를 휘두르기에 시공간적으로 훨씬 불리한 상황임에도 불구하고 광마도는 순수한 무력으로 그 한계를 극복하고 있었다.

다가오면 벤다.

오직 이 한 가지 사실에 충실한 그의 도. 얼핏 마구잡이로 휘두르는 듯 보이지만, 그 속에 가장 순수한 무리(武理)가 담겨 있다.

"크읏!"

순간적인 힘에서 밀렸는지, 진백운의 입에서 옅은 신음이 새어 나왔다.

파아아아.

그리고 광마도는 그 틈을 놓치지 않았다.

광마도법(狂魔刀法) 광풍난무(狂風亂舞).

조금의 틈도 주지 않고 밀어 붙이는 광마도다.

"후읍."

이에 진백운도 짧게 숨을 고르며 반격을 준비했다.

광마도의 광풍난무 초식은 미친 듯이 흩날리는 바람이다. 바람은 바람으로 맞서는 것, 천살수라검의 제일식은 그 역할을 충분히 할 수 있었다.

천살수라검(天殺修羅劍) 제일식 천살풍(天殺風).

쉭쉭쉭.

광마도와 붙었던 저번과는 다른 천살풍이 그 모습을 드러냈다. 내면의 세계에서 이미 천살풍과 수라파천을 완벽하게 체득한 진백운은 순식간에 세 줄기의 검풍을 만들어내며 광마도의 공격에 맞섰다.

쩌저정.

이내, 두 사람의 기운은 충돌하며 서로의 기운을 상쇄시키기 시작했다.

"크크."

동수(同數)의 결말, 의외로 강해진 진백운을 느끼며 광마도는 재차 자신의 도를 휘두르고 있었다.

"기억날 테지. 지금 쓰는 초식은 나의 모든 것, 온 힘을 다해서 막아라."

"……."

꿀꺽.

진백운은 저도 모르게 마른침을 삼켰다.

일전에 승부를 갈랐던 광마도의 초식이다. 그때, 자신은 광마도의 힘을 감당하지 못했었고, 그 결과는 처참한 패배로 이어졌었다.

긴장되지 않을 수 없는 것이다.

푸화악.

그러는 사이, 광마도의 도 끝에서는 엄청난 마기가 생성되

기 시작했고, 이내 그의 도는 진백운을 향해 가로 그어지기
시작했다.

광마도법(狂魔刀法) 마도진천(魔刀震天).

'온다!'
쫘악.
긴장된 마음으로 진백운은 있는 힘껏 자신의 검을 거세게
부여잡았다.
스윽.
그리고 앞으로 한 발자국 나아가는 오른발.
순간, 진백운은 머릿속에서 맴도는 모든 잡념을 털어내었
다. 자신은 천살. 의뢰가 들어왔으면, 그 대상이 설령 하늘일
지라도 죽여야만 하는 살수다.
더 이상의 번민은 불필요하다. 그저 청부 대상을 향해 검을
뻗으면 될 일.
그다음엔 하늘을 죽이는 수라가 천살행을 마칠 것이기 때
문이다.
샤아아악.
순간, 진백운의 검이 빛살처럼 움직였다.
그리고 모습을 드러내는 천살문의 최후의 힘.

천살수라검(天殺修羅劍) 제삼식 천살수라(天殺修羅).

진백운은 검을 뻗었다.

그리고.

콰아아아아앙!

이내, 대지를 울리는 요란한 파공음.

그렇게 두 사람의 격전이 있었던 자리에는 적막한 침묵, 자욱한 흙먼지만이 가득할 뿐이었다.

*　　　*　　　*

잠시 후.

"쿨럭!"

"쿨럭!"

진백운과 광마도, 두 사람은 동시에 검붉은 피를 입 밖으로 토해냈다.

하지만 두 사람이 처해 있는 결과는 사뭇 달랐다.

들끓는 내기에 못 이겨 진백운이 피를 토한 것과는 달리, 광마도는 피를 내뿜을 수밖에 없는 상태였던 까닭이다.

"크크크."

심장에 검이 박혔다.

고통스러울 만도 하건만, 광마도는 끝까지 스산한 웃음을 입에 걸었다.

광마도가 진백운을 향해 말했다.

"이게 천살의 마지막 초식인가?"

"그렇소."

진백운은 덤덤한 표정으로 그 말에 대답해 주었다.

"과연, 훌륭하군. 크크크."

한 차례 웃음을 더 내뱉은 광마도가 계속해서 말을 이어 나갔다.

"후회는 없다. 무인으로 살았고, 무인으로 죽는다. 내가 두려웠던 건 내 마지막 싸움이 형편없어지는 것이었을 뿐……."

"……."

그의 말을 들으며 진백운은 고개를 끄덕였다.

이해했기 때문이다.

광마도는 순수한 무인, 무를 위해 한평생 살아온 사내이다. 그런 그에게 동시대를 살아갈 적이 없다는 것은 지옥에서 사는 것과 매한가지였으리라.

그리고 홀로 세상을 살게 될 그를 기다리는 건 수명이 다한 뒤 찾아올 원수들, 그런 자들에게 비참한 최후를 당하는 건 그의 자존심이 허락하지 않았을 것이었다.

진백운의 귓가로 광마도의 말이 계속해서 이어졌다.

"훌륭하다, 이런 검에 죽을 수 있다는 건 무한한 영광이겠지, 크크."

"편히 가시오."

차라리 원망을 듣고 싶은 진백운이었다.

진정한 무인을 죽이는 것, 그건 살수에겐 너무나도 힘든 일이었음에.

광마도가 말했다.

"그래야지. 지옥에 가서 네 아비에게 전해주마, 네 아들은 훌륭하게 자랐다고 말이야. 크크크."

이에 진백운이 대답했다.

"아마 못 만날 것이오, 부친께선 천당에 계실 테니……."

"크크큭, 그런가?"

"그렇소."

"아쉽군, 혹 만난다면 꼭 붙어보고……."

그 말이 끝이었다.

이내, 힘을 잃은 그의 몸은 천천히 바닥으로 쓰러지기 시작했고, 이것이 바로 마의 전설로서 세상을 풍미했던 광마도의 마지막 모습이었다.

"잘 가시오."

진백운은 죽는 순간까지 투사(鬪士)였던 광마도에 대해 예의를 갖추었다.

비록 죽여야 할 상대였지만, 무를 향한 그 순수한 마음만은 인정해 주고 싶었던 것이다.

*　　　*　　　*

저벅저벅.

그렇게 광마도의 눈을 감겨준 진백운의 귓가에 누군가의 발자국 소리가 들려왔다.

진백운은 고개를 돌려 그를 바라보았다.

천마, 그곳엔 모든 마의 근원이 우뚝 서 있었다.

진백운이 말했다.

"당신이 마지막이오."

그러나 천마는 천천히 고개를 저었다.

"아니."

이내, 그는 진백운의 눈을 들여다보며 말했다.

"나는 시작이다."

"......"

"나는 마의 하늘, 그렇기에 시작인 자. 그 누구도 나를 죽일 수 없고 나를 막을 수 없다. 네 아비도 결국 실패했지."

오만하고도 광오한 말이다.

실로 천하를 오시하는 그의 감정이 말 속에 묻어나오고 있었다.

"훗."

하지만 진백운은 그런 천마를 앞에 두고도 미소 지을 수 있었다.

"왜 웃는 거지?"

그 태도에 의문스런 눈빛으로 천마가 물었다.

이에 진백운이 대답했다.

"미안하지만, 나의 아비는 실패하지 않았소."

"그의 죽음을 부정하는 것인가?"

"그건 아니오."

"?"

순간, 진백운의 눈동자가 깊이 가라앉았다.

그리고 이내, 천마를 향해 말을 계속 잇는 그였다.

"내가 있지 않소."

"무슨 의미지?"

"내 아비는 나를 남겼으니, 아직 그 의뢰는 진행 중. 엄밀히 말해 부친께서 맡으신 의뢰는 실패가 아닌 보류 상태인 것이오."

"……."

잠시 천마는 진백운의 눈을 바라보았다.

그리고 이내 그는 다시 진백운을 향해 질문을 던졌다.

"가능할 것 같은가? 나는 유승보다 강하다."

이에 진백운은 고개를 가로저었다.

"미안하지만 당신은 광마도보다 약하오. 이미 죽음의 공포를 느낀 이상, 당신은 강해질 자격을 잃었소."

진백운은 느껴졌다.

그것은 천마의 두려움이었다.

지금 이 순간, 천마는 자신을 두려워하고 있었다. 아버지가 천마에게 새겨 놓은 잔상이었다. 천마는 이미 십 년 전 죽을 수 있다는 공포를 느꼈고, 그 공포의 근원, 천살이 다시 그의 앞에 나타난 지금 두려움에 떨 수밖에 없었다.

진백운은 자신의 검을 다시 부여잡았다.

그러면서 천천히 말을 내뱉는다.

"당신이 마의 하늘인 건 맞소. 하지만 나는 천살, 의뢰가 들어왔고 명분이 있다면 설령 그 대상이 하늘일지라도 죽이고야 마는 살수이오."

"……."

"그리고 지금 보류된 의뢰에 따라서 당신을 죽일 것이오."

"……."

천마는 잠시 기가 차단 눈빛으로 진백운을 바라봤다.

이내, 그가 말했다.

"다시 한 번 더 묻지. 그게 가능할 것 같은가?"

이번에는 진백운이 천마의 눈을 바라봤다.

그리고 천마의 물음에 답을 주는 그였다.

"가능하고 말고는 중요하지 않소. 다만, 해야만 하는 일이기에 할 뿐이오."

"후후후."

진백운의 대답에 천마는 낮은 웃음을 흘렸다.

스릉.

그리고 이내, 허리춤에 달려 있던 검을 꺼내 드는 천마다.

"그 검 돌려받아야겠소."

천마가 꺼내 든 검을 바라보며 진백운이 말했다.

천살검(天殺劍). 아버지의 검이자, 천살문의 신물이다. 그렇기에 반드시 되찾을 의무가 있었다.

"모든 건 결과가 말하는 것, 힘이 있다면 가지게 될 테지."

천마가 단호한 목소리로 말했다.

"……."

그리고 그 말에 진백운은 말없이 자신의 검을 들어 올렸다.

한순간, 진백운의 눈과 천마의 눈이 허공에서 얽혀가기 시작했다.

이 싸움으로 모든 것이 결정될 것이다.

마의 하늘, 그리고 그 하늘을 죽이려 하는 살수.

잠시 후 두 사람의 신형이 서로를 향해 날아들었고, 장내는 침묵을 지키며 그 모습을 지켜볼 뿐이다.

무림의 사활을 건 건곤일척(乾坤—擲)의 승부, 그 싸움은 이렇게 시작되었다.

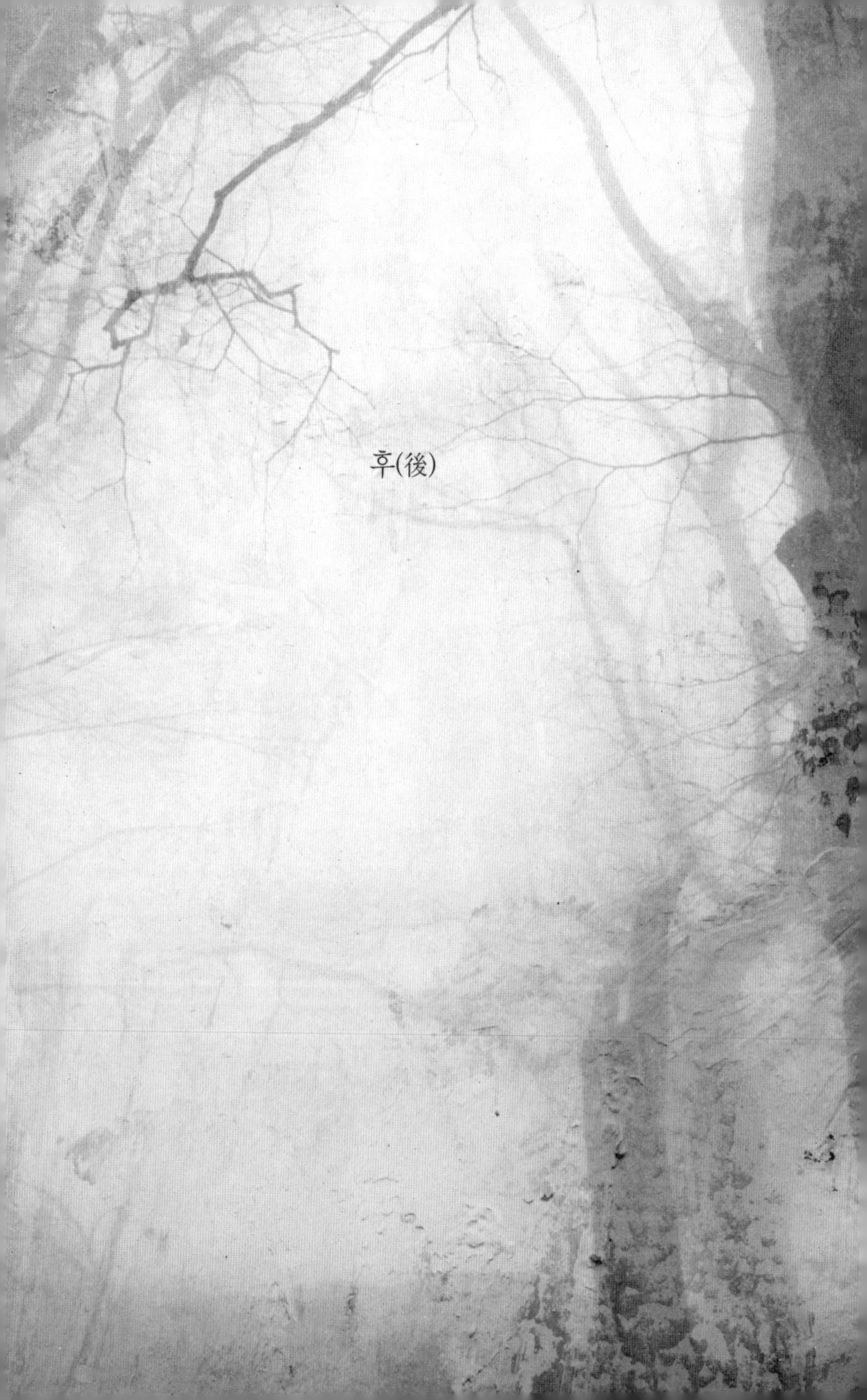
후(後)

기다림에는 한계가 존재한다.

그리고 사내의 한계는 딱 오늘까지였다.

자리에서 일어난 사내는 천천히 자신의 짐을 챙겼다. 짐이라고 해봤자, 옷가지 몇 벌과 검 한 자루밖에 없었기에 챙기는 데 그리 오랜 시간은 걸리지 않았다.

끼이익.

"공자님!"

그때였다.

소녀는 날카로운 목소리로 진백운을 불렀다.

이내, 방 안으로 들어온 심청이 진백운을 나무라기 시작했다.

"아직 움직이면 안 된다고요. 대체 그 몸으로 어딜 가려고 그러는 거예요."

"하지만……."

심청에게 주눅이 들었는지 진백운이 목을 움츠렸다.

그러나 할 말은 계속하는 그였다.

"연 소저가……."

"에휴……. 아가씨 지키는 흑기사가 얼마나 많은데 걱정된다고 그래요? 무진 도사님, 거지 아저씨, 유 소협까지. 에휴, 셀 수도 없네. 그리고 이제 아가씨도 어엿한 승천팔성(昇天八星)이시라고요. 그깟 산적들 토벌에 상처 하나 입겠냐고요?"

"그래도……."

진백운은 말을 흐렸다.

자신도 안다, 이미 백리세가를 다시 일으킨 백리연, 더군다나 완성된 추성비룡검법은 강호일절로 통용되는 중이다.

하지만.

"보고 싶은걸……."

진백운은 솔직한 자신의 심정을 표현했다.

"하! 참나……."

심청이 그런 진백운을 기가 찬다는 눈빛으로 바라봤다.

누가 믿겠는가.

지금 이 어리버리한 표정을 짓고 있는 사내가 정마대전을 끝낸 장본인이자, 마의 하늘을 무너뜨린 장본인이란 사실을 말이다.

"그래도 안 되는 건 안 되는 거예요. 그 몸으로 괜히 아가씨 일에 방해되지 마시고 그냥 가만히 계시라고요, 가만히."

"으음……."

진백운은 순간 심청에게서 서러움을 느꼈다.

타지에서 아프면 서럽다더니 지금 자신이 딱 그 꼴이었다.

"흠흠."

심청도 자신의 말이 너무 심했다고 느꼈는지, 무안한 표정으로 헛기침을 터뜨렸다.

"일단 식사 가지고 올 테니까 다시 짐 풀고 가만히 누워 계세요, 알았죠?"

"……."

"알았어요, 몰랐어요?"

"…알았어……."

심청의 채근에 진백운이 풀 죽은 목소리로 말했다.

끼익.

그렇게 몇 번이나 진백운에게서 확답을 받은 이후에야, 심청은 진백운의 식사를 챙기기 위해 방을 나섰다.

그리고 그 순간이다.

"미안, 청아."

얼굴 가득 미소를 지은 채 진백운은 홀로 중얼거렸다.

"그렇다고 마누라 돈 버는 데 신랑이 가만있을 순 없잖아?"

행낭을 다시 어깨에 들쳐 멘 진백운은 이내, 자신의 검도 챙겼다.

스스스.

그리고 발현되는 천살귀영신법.

이내, 진백운의 신형이 그 자리에서 귀신처럼 사라지기 시작했다.

*   *   *

휙, 휙, 휙.

주변의 풍경들이 빠르게 저 뒤로 밀려났고, 불어오는 바람을 느끼며 진백운은 신 나게 달렸다.

지금 이 순간, 진백운은 자유를 느꼈다.

그리고 무림에 나선 그날의 선택이 옳았음을 다시 한 번 깨달았다.

음지에서 느끼지 못한 자유.

그뿐인가.

다양한 인연들도 동시에 머릿속을 스쳐 지나갔다.

조문, 심청, 무진, 왕삼개, 수많은 일행과 인연을 만들었다. 이는 음지에만 살았다면 결코 얻지 못했을 값진 재산이라 할 수 있었다.

그리고.

'연 소저.'

진백운은 행복한 표정으로 백리연을 떠올렸다.

사람의 인연이란 참으로 묘했고, 특히나 남녀 사이는 오묘한 것이었다.

은혜를 갚으러 들른 백리세가, 그곳에서 자신은 또 한 번의 은혜를 입었다.

평생을 함께할 반려(伴侶)를 만난다는 건 기적이나 다름없는 일이었던 까닭이었다.

이렇게 무림이란 곳은 다양한 인연들이 존재했고, 그 깊이는 이루 헤아릴 수 없을 정도로 깊었다.

수많은 사건 사고. 그 속에서 사람들은 때로는 인연을, 때로는 운명을, 때로는 경험을 얻기도 한다.

그것이 무엇이 됐든 얻을 게 있다는 것만으로도 무림은 진백운에게 소중한 곳이었다.

"훗."

이에 진백운은 가볍게 미소 지으며 중얼거렸다.

"내가 하고 싶은 일이 뭐냐고 물었지요?"

항상 해야 하는 일만 가득했었던 자신에게 백리연은 처음으로 하고 싶은 일을 물어본 존재였다.

그리고 지금까지 진백운은 그때의 물음에 대한 답을 그녀에게 주지 않았다.

자신이 없었던 까닭이다.

진짜 하고 싶은 일이 무엇인지 본인 스스로도 확신이 안 들었고, 그런 상태에서 섣불리 답을 할 순 없었다.

하지만.

지금 이 순간, 진백운은 그녀에게 확실하게 답을 줄 수 있었다. 그리고 잊기 전에 그 대답을 주기 위해서 지금 달리고 있는 진백운이었다.

"내가 하고 싶은 일, 그것은……."

잠시, 진백운은 백리연이 있을 동쪽 방면을 바라보았다.

이윽고 진백운의 입이 천천히 열리기 시작했다.

"그대와 함께하는 것이라오."

천살, 진백운의 종착지는 백리연이었다.

후회는 없었다.

어차피 한 번 사는 인생, 후회하며 살기에는 시간이 촉박했다. 그리고 후회하지 않기 위해선 지금 이 순간 앞을 향해 달려야만 했다.

스스스.

이에 진백운(眞白雲)의 발걸음이 더욱 빨라지기 시작했다.

『살수도』完

HUNTER MOON

헌터 문

이훈 장편소설

보름달이 떠오르면 밤의 사냥이 시작된다.
헌터문(Hunter-Moon), 사냥꾼의 달.

귀계의 밤이 열리며 저물지 않는 달이 떠올랐다.
실체 없는 힘을 좇아 명맥을 이어온 퇴마사들.

이제 그들로 인해 세상이 뒤바뀐다.
[미녀들과 귀신 탐험대]의 사이비 퇴마사 예용종과
그의 가족들이 펼치는 좌충우돌 퇴마기.

"퇴마사는 얼어 죽을! 그거 다 쇼야!"
"저기 하늘에 구멍이 뚫렸는데요?"
"으잉?"

Book Publishing CHUNGEORAM

유행이 아닌 자유추구 —
WWW.chungeoram.com